Francisco Coloane

Feuerland

AF217456

MAGALLANES UND
CHILENISCHE
ANTARKTIS
Patricio Lynch
Canal del Castillo
I. Esmeralda
I. Covadonga
I. Stosch
Canal Ladrillero
I. Taggart
Canal Miramar
I. Mornington
G. Trinidad
I. Madre de Dios
Canal Oeste
I. Duque de York
C. Santiago
I. Valenzuela
I. Dagnino
I. Diego de Almagro
(I. Cambridge)
Estr. Nelson
I. Ramírez
I. Contreras
I. Pacheco
Archipiélago
de la
Reina Adelaida
I. Manuel Rodriguez
C. Pilar
I. Desolación
Is Week
I. Landfall
Bahía Otway
I. Naños
Seno Deepwater
Seno Langford
I. Carlos
Islas Grafton
Can. Gonzalez
I. Kempe
I. Noir
Penin. Brecknock
Is Camden
Can. Ballenero
I. Stewart
Is Gilbert
I. Londonde
Isla Wellington
Penin. Exmouth
Canal Concepción
I. Chatham
I. Hanover
Jorge Montt
Vancouver
I. Piazzi
Canal Uribe
Vidal
Rennell
Serrano
Messier
C. Mellizo Sur
3050m.
L. O'Higgins
C. O'Higgins
2910m.
C. Lautaro
(Pirámide)
3380m.
C. FitzRoy
3375m. 12.710ft.
C. Murallón
3600m.
C. Bertrand
3270m.
C. Agasiz
3170m.
C. Peineta
2450m.
C. Cervantes
2380m.
Cord. Darwin
PARQUE
NACIONAL
LOS
GLACIARES
C. Norte
2950m.
Lago Argentino
Calafate
L. Viedma
Lago Viedma
Leona
Tres Lagos
R. Chalía
Lago Cardiel
L. Quiroga
San Martín
Lago Strobel
L. Cardiel
Est. Peel
Stokes
2150m.
C. Paine
2360m.
C. Pinacula
2150m.
L. Sarmiento
Esperanza
Sarmiento
Staines
R. Coig
(Coyle)
L. del Toro
(Maravilla)
Puerto Natales
Seno Ult. Esperanza
P. A. Varas
Río Turbio
Minas
Turbio
L. Cóndor
Río
Balmaceda
Bella Vista
Pen. de las Montañes
G. Almirante Montt
Est. Obstrucción
L. Aníbal Pinta
La Silveta
1285m.
L. Blanco
Mte Burney
1750m.
Penª de Muñoz Gamero
Seno Skyring
Isla Riesco
1665m.
Ladrillero
Seno Otway
Río Verde
Punta Arenas
(Magallanes)
Pen. Cordova
Península de Brunswick
Fuerte Bulnes
C. S. Isidro
Isla Santa Inés
Estrecho de
I. Clarence
I. Aracena
Can. Cockburn
A R G
S A N T A
P A T A
C H I L E

Zu diesem Buch

Der größte chilenische Schriftsteller neben Pablo Neruda ist neu zu entdecken: Francisco Coloane. Schauplatz seiner Werke ist die Südspitze des amerikanischen Kontinents – Feuerland, Patagonien, Kap Hoorn. Wenige Seiten genügen ihm, um unvergessliche Porträts jener Goldsucher, Walfänger, Robbenjäger, verlorenen Gauchos, gestrandeten Matrosen, Aufständischer, Desperados zu skizzieren, die auf der Suche nach Glück und Reichtum durch die endlose Weite streifen. Die Erzählungen kreisen alle um einen heimlichen Helden: Feuerland, eine Landschaft, die erhaben, unermesslich reich und unerbittlich zugleich ist, die keinen, der ihr verfallen ist, wieder freigibt.

»Die neun Abenteuergeschichten sind Spannungsliteratur im besten Sinne und legen Vergleiche mit Größen dieses literarischen Genres wie Jack London, Herman Melville, Joseph Conrad oder Robert Louis Stevenson nahe.« *Gegenwart*

Der Autor

Francisco Coloane (1910–2002) hörte als Sohn eines Walfänger-Kapitäns schon als Kind die Geschichten der Indianer. Mit seinen Erzählungen, in denen er Feuerland und Patagonien für die Literatur entdeckt hat, wurde er zu einem der bekanntesten Schriftsteller Lateinamerikas.
Im Unionsverlag sind außerdem lieferbar: *Kap Hoorn* und *Der letzte Schiffsjunge der Baquedano*.

Der Übersetzer

Willi Zurbrüggen arbeitet nach einer Übersetzerausbildung in Heidelberg und mehrjährigem Aufenthalt in Mittelamerika seit 1982 als freier Übersetzer. Für seine Übersetzungen erhielt er diverse Preise, u. a. den Übersetzerpreis des Spanischen Kulturministeriums.

Mehr über den Autor und sein Werk auf *www.unionsverlag.com*

Francisco Coloane

Feuerland

Erzählungen

Aus dem Spanischen
von Willi Zurbrüggen

Mit einem Vorwort
von Luis Sepúlveda

Unionsverlag

Im Internet
Aktuelle Informationen, Dokumente und Materialien
zu Francisco Coloane und diesem Buch
www.unionsverlag.com

Unionsverlag Taschenbuch 820
© by Francisco Coloane 1956
© für das Vorwort by Luis Sepúlveda 1993
Originaltitel: Tierra del Fuego (1956)
© by Unionsverlag 2019
Neptunstrasse 20, CH-8032 Zürich
Telefon +41 44 283 20 00
mail@unionsverlag.ch
Alle Rechte vorbehalten
Die erste Ausgabe dieses Werks im Unionsverlag erschien 1996
Reihengestaltung: Heinz Unternährer
Umschlagfoto: United Archives GmbH (Alamy Stock Photo)
Umschlaggestaltung: Peter Löffelholz
Satz: Greiner & Reichel, Köln
Druck und Bindung: CPI – Clausen & Bosse, Leck
ISBN 978-3-293-20820-9
1. Auflage dieser Ausgabe
3. Auflage als Taschenbuch

Der Unionsverlag wird vom Bundesamt für Kultur mit einem
Verlagsförderungs-Strukturbeitrag für die Jahre 2016–2020 unterstützt.

Auch als E-Book erhältlich

Inhalt

Vorwort

Die Märchen unserer Kindheit begannen immer mit einem geheimnisvollen »Es war einmal …«, das uns die Türen zu fantastischen Welten weit öffnete. Ich wüsste keinen besseren Vergleich, um dem Leser Francisco Coloane und sein Werk nahezubringen, das uns dank der Magie der Literatur in eine Blockhütte versetzt, wo ein Feuer im Kamin prasselt und der Horizont Abenteuer verheißt.

Es war einmal … ein Riese, fast zwei Meter groß, 1910 geboren. Er trug langes, angegrautes Haar und einen dichten Seemannsbart. Er hatte den wiegenden Gang des Matrosen, der eben den Fuß an Land gesetzt hat, und seine Schritte führten ihn zu den Hallen der Literatur. Das war 1941.

Zu jener Zeit war der Großteil der chilenischen und der anderen lateinamerikanischen Schriftsteller von zwei fixen Vorstellungen besessen: einen »großen Roman« zu schreiben, Zeugnis ihrer unleugbar europäisch geprägten kulturellen Wurzeln, oder die berühmtesten Tragödien der slawischen Literatur wiederzugeben, sie jedoch mit kreolischen Themen zu besetzen. Die in den Hallen der Literatur herrschende Stimmung war also – wie könnte es anders sein – lethargisch, arrogant und verdrießlich.

Vor dem Eintreten musste man zuerst anklopfen und sich ausweisen, so wollte es der Brauch, doch der Hüne mit dem Seemannsgang stieß die Tür mit einem kräftigen Schulterstoß auf, betrat selbstsicher den Salon und sagte einfach: »Ich heiße Francisco Coloane, und ich komme vom Ende der Welt!« Dank ihm wehte etwas Neues durch diese Hallen: das Branden des stürmischen Meeres und die Stimmen von Tausenden von Abenteurern, die sich in allen Sprachen des Planeten ausdrückten und die sich in die Ebenen Patagoniens und die erdrückende Einsamkeit Feuerlands verirrt hatten.

Coloane war damals einunddreißig Jahre alt. Er legte zwei Bücher auf den Tisch: einen Roman, *El Último Grumete de la Baquedano,* eine ergreifende Erzählung über die Würde und die Treue von Männern, die dem Zauber eines bedrohten Universums erliegen, in der er nüchtern, aber wortgewaltig die Welt der Seeleute beschreibt, die man nur aus den Werken Conrads oder Melvilles kannte. Das andere Buch war ein Band Erzählungen mit dem Titel *Cabo de Hornos* – Kap Hoorn –, in denen es um die Leidenschaft von Menschen geht, deren Schicksal von der unerbittlichen Natur geprägt ist. Er legte also die zwei Bücher auf den Tisch und verschwand wortlos, denn für die Menschen am Ende der Welt bedeutet die australe Stille laute Beredsamkeit.

Die Literatur hat in allen Ländern – Chile ist keine Ausnahme – seltsame Verwalter, grimmige Pförtner, die den Zensor spielen, Inquisitoren, die aufgrund willkürlicher, ihrer Mittelmäßigkeit entsprechender Kriterien bestimmen, was Literatur ist und was nicht. Die mürrischen Experten fragten: »Wer ist denn dieser Kerl, der es wagt, einzutreten, ohne anzuklopfen, und uns dreist zwei

Bücher aufdrängt, in denen es von Gesetzlosen, Gottlosen und Menschen zweifelhafter Moral wimmelt? Geschichten, die von Gischt durchdrungen sind, die unsere Ruhe stören und die kristallenen Lüster an der Decke erzittern lassen?«

Die Literaturkritik überging Coloanes erste Werke mit herablassendem Schweigen. Dieser Autor ließ sich nirgends einordnen, fügte sich keinem damals erfolgsträchtigen Stil und scherte sich im Übrigen keinen Deut um den Anspruch, »große Romane« zu schreiben. Hinzu kam, dass das wenige, das man über ihn wusste, auf einen Mann schließen ließ, der eher etwas von einem Piraten hatte als von einem Schriftsteller.

Coloane, Sohn eines Kapitäns auf einem Walfänger, hatte früh gelernt, mit beiden Füßen fest auf der Erde zu stehen: die einzige Art, dem Sturmwind in Quemchi zu widerstehen, einem Hafen auf der Insel Chiloé, wo er seine Kindheit verbracht hatte. Die entfesselte See wiegte ihn in den Schlaf, und seine ersten Worte stammten aus dem barschen, präzisen Vokabular der Seeleute, Fischer, Walfänger, Robbenjäger, Taucher und Schatzsucher, die zwar ahnten, dass sie die von holländischen Korsaren vergrabenen Schätze nie finden würden, die Suche aber keineswegs aufgaben, getrieben von einer Utopie, die, wie alle Utopien, nur gerechtfertigt ist dank der Regung, die sie in den Herzen der Menschen weckt.

Coloane verstand es, die Wärme der von den Tehuelche-Indianern, den Yaghans, den Onas und Alakalufs am Feuer erzählten Geschichten einzufangen, auf deren Seite er stand, nicht etwa aus einer Pseudomoral oder einer Verpflichtung heraus, sondern weil er sie als seinesgleichen betrachtete, als seine Gefährten in einer grenzenlosen

Landschaft, Mitglieder der großen australen Bruderschaft.

Später fuhr er als Walfänger zur See, eine Erfahrung, die ihn von der dringenden Notwendigkeit überzeugte, der Ausrottung dieser Meeressäuger ein Ende zu setzen. Danach war er Verwalter auf einer großen Schaffarm, Matrose, Mastwächter auf der Korvette *Baquedano*, einem Schulschiff der chilenischen Marine, Forscher in der Antarktis; er leitete Erdölbohrexpeditionen und befuhr die Kanäle rund um das Kap Hoorn, zeichnete Seekarten, beteiligte sich an der Rettung manch eines alten Kahns in Seenot ... »Das Meer nimmt in meinem Leben und in meinen Büchern einen vitalen Platz ein, wie auch die Menschen, die Landschaften und die Tiere des äußersten Südens, denen ich so viel verdanke.« So definiert er sein Werk. Die Kritik hatte ihn zwar übergangen, dennoch wurde er für die junge Generation zum beliebtesten Autor. Die jungen Menschen verstanden, dass Coloanes Bücher, zum ersten Mal in der Geschichte unserer Literatur, unschätzbare Elemente zur Definition einer lateinamerikanischen Identität enthielten. In seinem Werk bekam der Schmelztiegel der Kulturen endlich den ihm gebührenden Stellenwert, greifbar, wirklich, nicht rachelüstern und ohne falsche Scham. In seinen Geschichten vibriert eine ursprüngliche Sprache, die sich von jeder akademischen Geziertheit befreit hat, auch von jeglicher Eitelkeit oder stilistischen Koketterie. Coloane schreibt über das, was er kennt; er schildert seine Fiktionen mit der Strenge und der Liebe zum Detail eines *payador,* wie man die durch das Land ziehenden Geschichtenerzähler nennt, die in der australen Einsamkeit immer willkommen waren.

Sein Werk – so Alvaro Mutis, auch er ein Leser Coloanes – beruht auf den »Elementen des Unglücks«. »In meinen Erzählungen und Romanen habe ich versucht, die Seele des chilenischen Menschen zu schildern, vor allem der Menschen von Chiloé und an der Magellanstraße, die sich mit dem Meer konfrontiert sehen, mit den Golfen, den zerklüfteten Kordilleren, die im Lauf von Jahrtausenden vom Eis des Südens geformt und vom wildesten Ozean unseres Planeten erodiert wurden. In dieser grandiosen Kulisse lebt ein Mensch, bald sanft wie die Meeresbrise, dann wieder unbarmherzig wie der Westwind ...«

1956 veröffentlichte Coloane einen Erzählband mit dem Titel *Tierra del Fuego* – Feuerland. Er war inzwischen der populärste Schriftsteller Chiles, und jedes seiner Bücher wurde in ganz Lateinamerika mit Ungeduld erwartet. Er ist zweifellos der Pionier der Abenteuergeschichten auf dem südamerikanischen Kontinent. Dank dessen, zusammen mit seiner ununterdrückbaren Berufung zum Reisenden, die ihn mehrere Male rund um die Welt geführt hat (um im Übrigen einen Hafen namens Colhane zu suchen, der sich nicht weit von Macao befinden soll), ist er für Tausende von Lesern zum Schriftsteller schlechthin geworden, der die Tore zu einer unbekannten Welt zu öffnen vermag. Coloane fordert die Menschen auf, aus dem insularen Bann auszubrechen, der auf den Chilenen lastet; er fordert sie auf, den Horizont zu bezwingen.

1964 erhielt er den Nationalen Literaturpreis. Wenige andere lateinamerikanische Schriftsteller können sich so hoher Auflagen rühmen wie er. Seit Coloanes dröhnende Stimme zum ersten Mal das literarische Panorama durchdrungen hat, sind ihm mehrere Generationen gefolgt, doch auch heute noch gehören junge Menschen zu seinen treusten Lesern.

Als ich ihn das letzte Mal traf, kam er mir wie ein riesiger weißbärtiger, weißhaariger Junge vor. Er besserte eben das Segel seines Kutters aus, bevor er wieder in Richtung der Kanäle längs der patagonischen Küste in See stach. Wir tranken einen feurigen chilenischen Wein, während er mir von seinem neuen literarischen Abenteuer erzählte: Er schrieb an einer Chronik der Schiffbrüche in der Magellanstraße.

Es war einmal, jenseits des Meeres, am Ende der Welt, ein großer, brüderlicher Mann.

Luis Sepúlveda

Feuerland

Die Niederlage hatte sich an die Fersen der drei Reiter geheftet, die in scharfem Trab das weite Ödland des Páramo durchquerten.

Am Ufer des Rio Beta hatte die letzte Schießerei mit den Männern von Julius Popper stattgefunden, und die Gegner des reich gewordenen Goldsuchers – an die siebzig Abenteurer aus allen Nationen – waren, vernichtend geschlagen, nach massiven Verlusten Hals über Kopf geflohen.

Einige flüchteten in Richtung der Carmen-Sylva-Kordillere, eines Gebirgszugs, den Popper zu Ehren seiner rumänischen Königin so getauft hatte. Andere wurden von den weiten Bartgrassteppen des China Creek geschluckt, und einige wenige erreichten die waldigen Höhen am Rio Mac Lelan – einen Zufluchtsort für Viehdiebe und für die letzten Indianer vom Stamm der Onas.

Nur Novak, Schaeffer und Spiro flohen entlang der Südküste Feuerlands und hofften, sich hinter der düsteren Kuppe des Kaps San Martín verstecken zu können. Sie hatten nur noch wenig Munition für ihre Karabiner, und Novak verfügte noch über sechs Schuss für die Trommel seines langläufigen 9-mm-Colts, des einzigen, den das Trio besaß.

Allein dieses bisschen Munition war es, was sie in ihrer aussichtslosen Lage nicht verzweifeln ließ, obwohl sie damit einen längeren Schusswechsel kaum durchgestanden hätten. Der Rest war Scheitern, Schwäche, Ohnmacht, sowohl in den Herzen der fliehenden Männer als auch in der Ödnis der feuerländischen Steppe um sie herum.

»Du hast Blut an der Hose«, sagte Novak mit ungewohnt sanfter Stimme und zeigte auf Schaeffers rechtes Bein.

»Ja, ich weiß«, antwortete Schaeffer ungerührt und starrte mit seinen wässrig blauen Augen in den trüben Himmel, wie ein Vogel, der seinen Hals reckt, bevor er davonfliegt.

»Kugel?«, fragte Spiro.

»Nein, Guanakoköttel«, stieß Schaeffer mürrisch hervor.

»Zeig her«, sagte Novak und zügelte sein Pferd.

»Was?«

»Die Wunde«, erwiderte der ehemalige deutsche Feldwebel, auch jetzt noch ein wenig der Vorgesetzte, der sich um den Zustand seiner Truppe sorgt.

»Es ist nichts. Vorwärts, weiter«, brummte Schaeffer, einen Hauch freundlicher diesmal, und gab seinem Tier die Sporen.

Cosme Spiro warf einen wachsamen Blick über die Schulter, trieb sein Pferd an und setzte sich an die Spitze des Trios.

Der alte Schaeffer hob ein weiteres Mal den Kopf zum Himmel wie ein verwundeter Vogel. Mehr noch als der stechende Wundschmerz beunruhigte ihn das fließende Blut; jedes Mal, wenn er sich in die Steigbügel stellte, um seinen Körper dem Rhythmus des Trabes anzupassen, spürte er eine warme Welle aus seiner Wunde hervorquellen, die an seinem Bein bis zum Fuß hinabbrann und den Stiefel durchtränkte.

Die rechte Hand auf seinem alten deutschen Karabiner mit dem abgesägten Lauf aufgestützt, der quer über dem Sattelkissen lag, versuchte er, den Druck auf den Fuß im Steigbügel abzuschwächen, um den schnellen Trab einhalten zu können; jedoch vergebens, die laue Welle quoll mit beklemmender Regelmäßigkeit hervor, rann langsam über die Haut und bildete eine Lache im Stiefel. Dann reckte Schaeffer jeweils den Hals wie ein Vogel, aber nicht, um ein Gebet gen Himmel fliegen zu lassen, sondern um einen ganzen Schwarm Flüche zu seinem Herrgott hinaufzuschicken, der ihn in eine so verzweifelte Lage gebracht hatte.

»Wer hat mich denn geheißen, mich mit Popper anzulegen«, brummte der Alte vor sich hin. »Der Rumäne hat mich immer wie einen Landsmann behandelt, und ich, was bin ich schon anderes als ein an diesen Ufern verirrter Ungar.«

Wie das in heimtückischen warmen Wellen hervorquellende Blut stiegen hin und wieder in seinem Geist flüchtige Erinnerungen an die Abenteuer mit dem Goldsucher auf, der in dieser öden Gegend zu einem reichen Mann geworden war. Unter welchen Umständen auch immer, Schmerzen und der lauernde Tod lassen das Leben bruchstückweise an einem vorbeiziehen.

Er dachte an die Bar in Punta Arenas zurück, wo er zum ersten Mal jenem betrunkenen Offizier begegnet war, den er aufgrund der Uniform zuerst für einen Leutnant der österreichisch-ungarischen Armee gehalten hatte. Das war niemand anderer als Novak gewesen, der jetzt, ebenso gescheitert wie er, mit ihm zusammen auf der Flucht war. Popper hatte ihn zum Befehlshaber seiner Leibgarde ernannt, ihm und dem Rest seiner Pampapolizei eine Uniform nach Art der österreichisch-ungarischen Armee verpasst, um dank Waffen und Uniformen den Arbeitern und Indios Respekt einzuflößen, denen allmählich klar wurde, was eine bewaffnete Macht bedeutet.

Bei jener ersten Begegnung hatte der Kommandant von Poppers Leibgarde mit einer merkwürdigen Münze bezahlt, die der Kneipenwirt erst akzeptierte, nachdem er sie auf einer Goldwaage gewogen hatte. Sie wog exakte fünf Gramm, auf der Vorderseite war eine große 5 geprägt, durch die das Wort »Gramm« lief, und sie war mit einer Randschrift versehen, die lautete: »Goldwäscher des Südens«; auf der Rückseite stand »Julius Popper – Feuerland – 1889«.

Er hatte seinen Augen nicht getraut, als er die sonderbare Münze gesehen hatte, denn er war ohne einen Centavo im Hafen von Punta Arenas gelandet, nachdem er erfolglos die Schürfstellen längs der Magellanstraße abgegrast und nur noch die leeren Löcher der Goldsucher vorgefunden hatte. Er war mit Novak ins Gespräch gekommen und war vom Ruhm jenes Rumänen gebannt gewesen, der sich »König der Steppe« nennen ließ. Vom Chef der Leibwache ermutigt, ließ Schaeffer sich für Poppers Armee rekrutieren; doch wie alle, die vom Glanz des Goldes angelockt werden, tat er dies mit der heimlichen Absicht, mindestens ebenso reich zu werden wie sein Herr.

Sie pflügten mit dem Logger »Maria López« durch die Gewässer der Meerenge, fuhren im Atlantik die Küste Feuerlands entlang und langten auf dem Páramo an, einem gigantischen Felsendamm, der weit ins Meer ragt und mit seinem steinernen Arm schützend die Bucht von San Sebastián abschirmt, wo das Wasser mehr als zehn Meter hoch ansteigt und wieder sinkt und kilometerlange kreidige, von Dünen und Küstengestrüpp gesäumte Strände bloßlegt, hinter denen die weite Bartgrassteppe des feuerländischen Flachlands beginnt.

Die ganze Region ist als El Páramo bekannt, und dort hatte Julius Popper, der als erster Weißer die Insel von der Magellanstraße bis zum Atlantischen Ozean durchquert hatte, unberührte Vorkommen von Goldstaub, Goldflitter und Goldkörnern entdeckt. Doch mit Waschpfanne, Sieb und Spitzhacke ließ sich der Ehrgeiz des glücklichen Goldsuchers nicht befriedigen. Als er sah, dass der Gezeitenunterschied zehn Meter und mehr betrug, ließ er sich etwas einfallen, um sich diese gewaltige Energie zunutze zu machen: Er ließ, sieben Meter unter dem Hochwasserstand, Stollen in die Steilküste graben und installierte darin eine Vorrichtung aus Holz; wenn das Wasser stieg, schloss er es mittels massiver Holztore in den Röhren ein, und wenn es wieder sank, entließ er es aus seinem Gefängnis, regelte jedoch den Druck, sodass dabei das gesamte goldhaltige Gestein, das Dutzende von Arbeitern in den Stollen aufgehäuft hatten, nochmals gewaschen wurde.

Der Ertrag dieser Vorrichtungen war so außergewöhnlich, dass Popper ihnen den Namen »Goldernter« gab. Und das nicht zu Unrecht, denn die Anlage produzierte fast eine halbe Tonne Gold pro Jahr. Dank dieses ozeanischen Ochsen im Joch des menschlichen Erfindungsgeistes konnte Julius Popper sich rühmen, der erste Mensch zu sein, der imstande war, »das Meer zu pflügen und abzuernten«.

Die »Goldernter« des kühnen Rumänen produzierten aber nur für ihren Erfinder, und die habgierigen Abenteurer, die ihn in der Hoffnung, ebenso reich zu werden wie er, auf seinen Prospektionszügen begleiteten, sahen schon bald voller Neid und Groll auf ihren Herrn, der alle Vorkommen in seinen Besitz brachte und kein Fleckchen übrig ließ, auf dem einer von ihnen es zu etwas hätte bringen können.

Eines Tages desertierten einige, weil sich die Nachricht herumgesprochen hatte, dass am Rio Cullen und an den Zuflüssen Alpha, Beta und Gamma goldhaltige Anschwemmungen gefunden worden seien, die beinah ebenso reichhaltig waren wie die im Páramo. Dort konnten unabhängige Goldsucher mit Waschen und Sieben noch zu Wohlstand kommen, anstatt, wie das Meer, in Poppers Joch gespannt dessen Gold zu waschen.

Der »König der Steppe« ließ es jedoch nicht zu, dass die Deserteure ihm vor der Nase Konkurrenz machten, und griff sie mit seinen bewaffneten Leuten an, um sie ein für alle Mal zu vertreiben und die Gegend seinem maßlosen Anspruch zu unterwerfen. Weitere Vorfälle schürten die menschlichen Konflikte an dieser abgelegenen Küste. Als der Chef eines Tages nach Punta Arenas reiste, nutzten einige Männer seine Abwesenheit, bemächtigten sich des Loggers *Maria López,* der in der Bucht von San Sebastián ankerte, und flohen mit insgesamt fünfundzwanzig Kilogramm Gold.

Das Meer half aber Popper nicht nur, das Gold zu ernten, sondern bewachte es auch eifersüchtig und zuverlässiger als jeder Mensch: Als die Täter die Keller des »Königs der Steppe« plünderten, fiel ihnen der gesamte Schnapsvorrat in die Hände, und das war ihr Verderben.

Auf hoher See gerieten sie in einen Sturm, doch betrunken, wie sie nach der gefeierten Flucht waren, kamen sie mit den Segelmanövern nicht zurecht, der Logger erlitt Schiffbruch und riss die ganze Besatzung mitsamt den fünfundzwanzig Kilogramm Gold in die Tiefe: ein mahnendes Beispiel für die Untergebenen des »Königs der Steppe«.

Als Julius Popper auf seine Besitzungen zurückkehrte, begnügte er sich nicht mit der beispielhaften Strafe seines treuen Verbündeten, des Meeres; sein Zorn richtete sich gegen jene, die an den drei Flüssen Gold wuschen, weil sie – wie er sagte – eine Horde von Räubern und Banditen waren, die mit noch beispielhafterer Härte bestraft werden müssten. Das tat er denn auch und knüpfte drei oder vier Männer an den Pfählen auf, die die Grenzen seiner Besitzungen markierten, hängte ihnen ein Schild um den Hals, auf dem stand: »Lasciate ogni speranza voi ch' entrate«, Dantes Satz, der die Lebenden anwies, alle Hoffnung fahren zu lassen, so sie die Schwelle der Hölle überschritten. Weder die Onas noch die Abenteurer am Rio Beta kannten *Die Göttliche Komödie;* doch die satten Geier, die auf den kahl gefressenen Totenschädeln der Gerippe hockten, waren weit beredter als die Sprache Dantes.

Das war mehr oder weniger das Schicksal, das Novak, den Deutschen, Spiro, den Italiener, und Schaeffer, den Ungarn, erwartete, weil sie sich den Aufrührern angeschlossen hatten, anstatt den ihnen anvertrauten Besitz zu verteidigen. Vor allem den treuen Novak, den Kommandanten der Leibgarde, der den letzten Widerstand der siebzig Kämpfer am Beta persönlich angeführt hatte. Und das war auch der Grund, warum Spiro ständig flüchtige

Blicke über die Schulter warf, obwohl die ihm folgenden Kameraden ihm genügend Rückendeckung boten.

Schaeffer krümmte so gut es ging die Zehen in seinem Stiefel, um zu schätzen, wie viel Blut hineingelaufen war, und als ginge ihn das gar nichts an, reckte er seinen steifen Körper, hob ein weiteres Mal seinen Blick vom Fuß zum Himmel, dessen unbarmherziges Grau die Erde erdrückte.

Der Gebirgszug der Carmen Sylva wird zur Ostküste Feuerlands hin niedriger; seine Ausläufer zerfließen in welligen, mit schwarzem Gestrüpp, Sauerdorn und Rosmarin überwucherten Hügeln, bestens geeignet, sich zu verstecken. Dann steigt die Kordillere wieder an und bildet das Kap San Martín, dessen senkrecht ins offene Meer abfallende, den Zugang zum Strand versperrende Steilküste die Bucht von San Sebastián schließt. Von hier aus kann man den großen Felsenarm des Páramo erkennen, der wie eine dunkle, unbewegliche, zu Stein erstarrte Woge aus dem Ozean ragt.

Als die Reiter in diese schützende Oase eindrangen, verlangsamten sie ihren Trab.

»Halten wir an und sehen uns das Bein an«, sagte Novak, und in Befehlston an Spiro gewandt: »Reite du zu dem Hügel dort hinüber und melde, wenn du etwas siehst.«

In einer kleinen, von Dornengestrüpp gesäumten Lichtung stieg Schaeffer vom Pferd und untersuchte zum ersten Mal seine Wunde. Die Kugel war von vorn in den Oberschenkel eingedrungen und hinten wieder ausgetreten, hatte aber glücklicherweise den Knochen nicht verletzt. Sie hatte den Muskel schräg durchschlagen und so eine Drainage gebildet, die das Blut des zerfetzten

Gewebes auffing und durch die darunterliegende Wunde abfließen ließ. Vor allem, wenn er seinen Fuß im Steigbügel aufstützte, um die Schwankungen des Trabs aufzufangen, drückten die Muskeln die Wunde zusammen und pressten das angesammelte Blut in heimtückischen, lauen Wellen hinaus, was dazu führte, dass Schaeffer den Hals streckte wie ein Kormoran.

Mit heruntergelassener Hose betrachtete der Alte zum ersten Mal seine Verletzung. Er war geschwächt und bleich, auf seiner Oberlippe war ein zunehmendes Zittern zu erkennen. Er biss auf die Enden seines Schnurrbarts, um es zu unterdrücken – wie ein Ochse, der an einem Grasbüschel kaut. Sein Gesicht war gewöhnlich rot und aufgedunsen, mit einer wulstigen Alkoholikernase, an deren Spitze fast immer ein verdächtig klarer Tropfen hing. Und auch in seinen Augen lag stets ein feuchter Glanz, als ob sich für immer eine Träne in ihnen festgesetzt hätte.

Als der Alte sich auf die kahle Erde legte, sah Novak dessen blasses Gesicht, die feierlich glänzenden, wässrig blauen Augen, hinter denen eine verborgene Jugend sich an ihn zu klammern schien. Er band seine Feldflasche vom Sattel und gab ihm etwas Wasser. Schaeffer öffnete seine Lippen einen Spaltbreit und trank ein wenig, kaute jedoch weiter am Zipfel seines Schnauzbarts herum, als suche er Halt. Novak löste den Knoten seines blau-roten Halstuchs, riss es in Streifen, stopfte die Löcher, die die Kugel gerissen hatte, und verband mit dem Rest die Wunde. Schaeffer wurde noch blasser und schloss die Augen. Novak sah, wie seine Nasenflügel bebten, die Oberlippe begann wieder zu zittern, und der jugendliche Glanz im verwitterten Gesicht des Alten trat noch deutlicher hervor. Nach einer Weile öffnete Schaeffer die

Augen ein wenig, sah erschrocken um sich und flüsterte: »Ich glaubte schon, mich hätte es erwischt.«

»Es geht dir besser«, sagte Novak sachlich, mit einer Spur Kälte in der Stimme. »Aber wir müssen hier weg; irgendwohin, wo es sicherer ist. Du hast viel Blut verloren, ich weiß nicht, ob du dich bewegen kannst.«

»Lass mich doch einfach hier. Wenn ich mich erhole, komme ich nach, und wenn nicht … Ich bin ohnehin zu alt für diesen langen Ritt.«

»Die Pferde brechen beinah zusammen. Ich denke, wir müssen ihnen eine Verschnaufpause gönnen, sonst kommen wir nicht mehr allzu weit. Wir nächtigen irgendwo in der Nähe und reiten morgen vor Tagesanbruch weiter.«

Novak stieß einen schrillen Pfiff aus, Spiro kam von dem Hügel herab, von wo er Ausschau gehalten hatte.

»Schaeffer ist schlecht beieinander, ich glaube nicht, dass er weiterreiten kann.«

»Und?«, fragte Spiro mit einer verdrießlichen, leicht schadenfrohen Grimasse. Er war mittelgroß, feist, mit einem vollen, schwammigen Gesicht und lebhaften schwarzen Äuglein, die flatterten wie zwei Fliegen, die in einen frisch gekneteten Brotteig gefallen sind.

»Wir suchen uns für die Nacht einen Platz, der sicherer ist, und morgen entscheiden wir, in welche Richtung wir mit den ausgeruhten Pferden weiterreiten«, antwortete Novak.

»Macht euch meinetwegen keine Sorgen«, stieß Schaeffer hervor und richtete sich halb auf den Ellenbogen auf. Dann schaute er auf sein Bein und sah, dass es nicht mehr so stark blutete. Er legte den Kopf zur Seite und blickte vom Boden aus forschend in Novaks Gesicht mit dem

24

vorspringenden Kinn, das lang und kantig war wie sein riesiger Körper, der von einer speckigen Fellmütze gekrönt war, unter der ein paar blonde Strähnen hervorlugten: ein Knochen- und Muskelgerüst, das auf einen kräftigen Körper schließen ließ, und in dem etwas kindlichen Gesicht lag ein stolzer, herrischer Ausdruck.

Spiro seinerseits starrte blinzelnd auf Schaeffers Wunde, als ob seine Augen davon gereizt würden. Plötzlich sahen sich die drei Männer an; das heißt, Spiro und Novak schauten auf Schaeffer hinunter, und dieser erfasste vom Boden aus mit einem einzigen Blick die beiden anderen. Dann drifteten die Blicke der drei Männer auseinander, als wären sie aneinandergestoßen, trafen sich dann wieder über der blutenden Wunde. Die Männer beugten sich steif über das von der Bleikugel durchbohrte Fleisch; vielleicht überlegten sie sich, dass es, anstatt eines Beins, auch eines der drei fliehenden Herzen hätte treffen können.

»Nehmt keine Rücksicht auf mich, reitet einfach weiter«, wiederholte Schaeffer mit festerer, aber auch frostigerer Stimme.

Spiro und Novak beobachteten einander aus dem Augenwinkel.

»Wir müssen für die Nacht einen Platz finden, möglichst weit vom Weg entfernt«, wiederholte Novak.

»Wenn ihr meint, seh ich mich mal um«, sagte Spiro leise.

Novak blickte auf Spiro hinunter, seine grauen Augen schienen ihn zu durchbohren.

»Nein«, sagte er, »mein Pferd ist in besserem Zustand als deines. Bleib du hier und kümmere dich um Schaeffer; ich geh los und komme so schnell wie möglich zurück.«

Spiro ließ die beiden Fliegen flattern; er sah Novak an, und ein tückisches Lächeln kroch durch das Gras, bis zu den Fersen des Deutschen.

»Gut, reite los«, sagte er.

Novak saß auf und ritt, auf seinem Pferd zusammengekauert, in scharfem Trab davon.

Die langsame feuerländische Abenddämmerung begann vom verhangenen Himmel herabzufließen, ließ Schaeffers Gesicht noch bleicher aussehen und Spiros Blässe schärfer hervortreten. Spiro schaute Novak nach, bis dieser zwischen den Hügeln verschwunden war, dann richtete er den Blick wieder auf Schaeffer. Der Alte schien zu schlafen.

»Ich halte mal auf dem Hügel Ausschau, ob uns jemand folgt«, murmelte er, als wolle er den anderen nicht wecken.

»Auf mich brauchst du keine Rücksicht zu nehmen«, sagte der Alte plötzlich; er schaute ihm starr in die Augen und fügte hinzu: »Nimm dein Pferd und sieh zu, dass du fortkommst!«

»Ich …«

»Nichts ›ich‹ … Novak kommt nicht mehr zurück, reite ihm nach.«

»Glaubst du wirklich?«

»Er hat uns hereingelegt, das ist alles.«

»Warum sagst du das, Schaeffer? Meinst du wirklich, dass er nicht zurückkommt?« Und Spiro fügte ebenso still wie der sich neigende Tag hinzu: »Wie könnte ich dich hier zurücklassen? Hunger und Kälte würden dich umbringen!«

»Vorher gebe ich mir die Kugel«, entgegnete der andere kalt, »gib mir für alle Fälle mal den Karabiner, keine

Angst, nicht für den Fall, dass du abhaust; aber vielleicht brauche ich ihn später.«

»Dass ich abhaue, sagst du?«

»Tu doch nicht so, du kannst es doch gar nicht abwarten, dem andern hinterherzureiten.«

»Nein, Schaeffer, den Karabiner kann ich dir nicht geben.«

»Warum nicht?«

»Du könntest Dummheiten machen ... wir müssen bis zum Schluss ausharren. Glaubst du wirklich, dass Novak nicht zurückkommt?«

»Warum machst du dir Sorgen um Novak? Sorge dich lieber um dich selbst!«

»Weißt du, Schaeffer, wenn man im Voraus wüsste, wann es zu Ende geht, würde man gleich aufgeben.«

»Hau einfach ab und lass mir den Karabiner da ... Novak kommt bestimmt nicht zurück, um mir seinen zu geben.«

»Kommt nicht zurück? Und das sagst du, Schaeffer? Nicht doch, natürlich kommt er zurück!«

»Dann lass mich jetzt schlafen!«, brummte der Alte mürrisch, während er sein gesundes Bein aufstützte, um etwas bequemer zu liegen.

Wenn auch kurz, so sind in Feuerland die Nächte im November noch sehr dunkel, vor allem, wenn ein Wolkenvorhang am Himmel hängt, der die Erde verfinstert. Wie die Nacht fiel auch Schaeffer in bleiernen Schlaf.

Er erwachte, als Novak ihn an der Schulter rüttelte und nach Spiro Cosme fragte. Der war nirgends zu sehen, hatte sich davongemacht, und während er mit der einen Hand den Karabiner mit dem abgesägten Lauf neben den

Alten gelegt hatte, hatte er mit der anderen dessen Pferd samt Sattelzeug mitlaufen lassen.

Novak hatte nahe der Küste ein gutes Versteck zwischen vulkanischen Felsen entdeckt, und er brachte noch in derselben Nacht Schaeffer dorthin. Die Felsengruppe bildete eine Art Höhle, verstreuter Dung ließ darauf schließen, dass die Guanakos sie als Schlechtwetterunterschlupf benutzten.

»Ist doch egal, ob er geblieben ist oder ob er sich feige davongemacht hat«, sagte Schaeffer, als Tage später die Rede auf Spiros Verschwinden kam.

»Das ist nicht egal«, widersprach ihm Novak, »je schneller man einen Verräter fasst, desto besser.«

»Bei dir hatte ich meine Zweifel«, sagte der Alte gedehnt, »aber bei Spiro war ich mir sicher, dass er verschwinden würde. Man braucht den Leuten nur ins Gesicht zu schauen. Mir konnte er nichts vormachen; was mich ärgert, ist, dass er die Molly mitgenommen hat. Was mache ich ohne meine Stute, wenn ich wieder zu Wege bin?«

»Wir werden schon eine Lösung finden«, sagte Novak.

Nach kurzer Zeit hatte sich Schaeffer von seiner Verletzung erholt. Novak hatte am nahen Strand einen mit Meersalz überkrusteten Felsen gefunden. Er kratzte es ab, um die Vögel, die er schoss und briet, damit zu salzen; er desinfizierte damit auch die Wunde des Alten, die mithilfe der Sonne und der Seeluft allmählich vernarbte.

»Warum kümmert sich der Kerl überhaupt um mich?«, fragte sich Schaeffer manchmal, ohne dass er auf den Gedanken gekommen wäre, dass es die militärische Ausbildung des Deutschen war, eines ehemaligen Feldwebels der Artillerie, die ihn dazu bewog, einen im Kampf verwundeten Kameraden gesund zu pflegen. Fritz Novak war durch und durch Soldat; er war es gewesen, der den Aufstand gegen Popper organisiert hatte, weil dieser wie ein Feudaltyrann mit seiner Truppe umsprang, deren Kommandant Novak war.

Schaeffer hingegen hatte das Leben seit seiner fernen Kindheit, als er die geliebte Puszta hatte verlassen und nach Amerika auswandern müssen, so übel mitgespielt, dass er jedem misstraute. Für ihn waren die Menschen mehr oder weniger alle gleich – besonders jene, die scharenweise hinter dem Gold her waren. Von ihnen war ebenso Gutes wie Schlechtes zu erwarten, alles hing bloß von den Umständen ab. Das hatte das Leben ihn gelehrt, und damit musste man sich abfinden. Er selbst war genauso; er hatte sich nie für besser oder schlechter als die anderen gehalten, und darum fragte er sich, was Novak zu seinem Handeln bewog. In seinem Innersten hielt Schaeffer Spiros Handlungsweise für logischer: Der war angesichts der Gefahr geflohen, hatte ihm aber immerhin seinen Karabiner zurückgelassen, damit er sich umbringen konnte. Dafür hatte er das Pferd gestohlen, um auf seiner Flucht ein Ersatztier zu haben.

Novak aber, der harte, manchmal grausame Kommandant von Poppers bewaffneter Truppe, hatte ihn auf sein Pferd gesetzt und es behutsam am Halfter geführt, damit die Wunde nicht wieder aufbrach, und hatte ihn zu dieser Höhle zwischen den Felsen gebracht. Er hatte noch das ferne Kreischen der Möwen im Ohr und das Krächzen der Kormorane, das ihnen mitten in der Nacht den Weg zur Küste gezeigt hatte. Am nächsten Tag hatte Novak festgestellt, dass das Kreischen von einer Klippe kam:

Zwischen dem Felsenriff, an dem die Pampa endete, und der Flutlinie des Meeres erstreckte sich ein ausgedehntes Tuffsteinfeld, auf dem Tausende von Möwen ihre Nester hatten und ihre Eier in die kleinen Höhlungen legten, die Wind und Regen in den Tuffstein gegraben hatten. In seinem Halstuch sammelte Novak einen reichlichen Vorrat dieser Eier, die er dann für sie beide im Feldgeschirr kochte. Die angebrüteten Eier der Möwen und Kormorane waren Schaeffers endgültige Rettung. »Vielleicht ist er deshalb noch nicht davongeritten«, dachte der Alte, »weil er zu essen gefunden hat!«

Eines Morgens erlegte Novak ein eben niedergekommenes Guanako und sein *chulengo*. Sie brieten das Junge, das so zart war wie Lammfleisch; das Fleisch des Muttertiers schnitten sie in Streifen, die sie auf dem Felsen an der Sonne und der salzigen Luft trocknen ließen. Das Leben verlief angenehm für die zwei Männer in ihrem natürlichen Versteck hinter dem Kap San Martín, dessen steil ins Meer fallender Felsen jeden Zugang von der Küste her verwehrte.

Nach und nach konnte Schaeffer aus der Höhle kriechen; er verjagte mit Knüppelhieben die Geierfalken vom Fleisch der Guanakos, die Novak ab und zu mit gezielten Schüssen erlegte. Er sammelte schwarze Stauden, um Feuer zu machen, und hielt die Höhle in Ordnung, während Novak Nahrung herbeischaffte und ihre Vorratskammer füllte, was zu dieser Jahreszeit nicht schwierig war, denn der feuerländische Frühling stand in voller Blüte.

Trappen und Guanotölpel, die so groß waren wie Gänse, kamen zu Tausenden auf ihren langen Wanderflügen von Norden, um auf Feuerland zu brüten und später, bei Wintereinbruch, mit ihrer Brut in mildere

Klimazonen zurückzukehren. Rosa Flamingos und verschiedene Entenarten bevölkerten die Lagunen und die kleineren Flussläufe, die sich zwischen sanft gewellten, mit aufgeschossenen Bartgrasbüscheln dicht bestandenen Hügeln durch die Pampa schlängelten.

Wie ein Schmetterling, der seine nutzlos gewordene Puppenhülle abstreift, befreite sich Schaeffers Geist aus der Verbitterung seines misshandelten Körpers und stellte fest, dass das Leben in diesen öden Landstrichen so übel gar nicht war. Die beiden Männer taten, wonach ihnen der Sinn stand, und wechselten nur so viele Worte wie nötig, um gut miteinander auszukommen. Auch Feuerland passte sich nach den langen Wintermonaten der Unterdrückung durch dicke Schneedecken und Eiskrusten ihrer Stimmung an. Das Bartgras, einziges Süßgras der Pampa, dessen Stoffwechsel ihm erlaubt, unter dem Schnee zu überleben, zeigte sich zum Ergötzen von Guanakos, Schwänen, Trappen, Enten und Guanotölpeln in neuer Pracht. An der Küste boten die Möwen ihre Eier feil, die so groß wie Hühnereier waren, jedoch braun und himmelblau gesprenkelt; sie sahen auf dem dunklen Tuffstein aus wie irdene Blumen. Die Klippen und sandigen Strände waren von Seehundrudeln mit ihren Jungen bevölkert, die sie in den Wurfhöhlen am Kap Hoorn zur Welt gebracht hatten.

In jenen Tagen sorglosen Müßiggangs in ihrem Versteck zwischen den Felsen hoben Novak und Schaeffer jedoch hin und wieder lauschend den Kopf und blickten um sich wie misstrauische Seehunde. Sie fürchteten immer noch den »König der Steppe«.

Außerdem wussten sie, dass es nicht ewig so weitergehen konnte; dass der Winter zurückkehren und die

Erde knechten würde; dass Guanotölpel und Trappen eines Tages zu ihrem Rückflug in andere Gegenden aufbrechen und selbst die Guanakos seltener sein würden. Und sie …? Was war mit ihnen? In welche Richtung würden sie gehen? Mit was für Flügeln?

»Oh, welche Wonne bringt uns die Sonne!«, sagte Schaeffer jedes Mal, wenn das Wetter gut war und er seine Wunde der ewigen Heilerin der Erde hinhalten konnte.

Sobald er, auf seinen Karabiner gestützt, wieder gehen konnte, spazierte er zum Strand und atmete die Meeresbrise in vollen Zügen ein. Eines Morgens unternahm er einen langen Spaziergang in Richtung Norden, durch die Dünen, die die Pampa begrenzen, bevor das Kap steil zum Meer abfällt. Ein weiteres Vorgebirge schob sich mitten auf dem breiten, geriffelten Kiesstrand zwischen die Pampa und das Meer, wie eine einsame mittelalterliche Burg mit schwarzem Strauchwerk auf der Spitze, mit Büschen und Küstenblumen, die sich in Kaskaden über die Felswände ergossen. Um die Genesung seines Beins zu erproben, hielt er darauf zu und begann hinaufzuklettern; vom Gipfel aus erkannte man in der Ferne den Felsenarm des Páramo, nach Süden hin sah man den sanft geschwungenen Sandstrand, der sich bis zur fernen Klippe des Kap Domingo hinzog. Der Südatlantik verlor sich wie eine graugrüne Fläche in den antarktischen Fernen, und die gelblich grünen Ebenen der Pampa reichten bis zum Gebirgsgürtels der Carmen Sylva; das Grau der Dünen säumte die zwei endlosen Weiten und das Weiß der schaumigen Wellen, die ihre Gischtkronen auf dem breiten Kieselstrand zurückließen wie Blütenblätter.

Als er seinen Blick aus der ozeanischen Weite zurückschweifen ließ, stieß er unerwartet inmitten des gräulichen Strandes auf ein anderes Weiß, das aus der Ferne wie das Geripp eines gestrandeten Schiffes aussah. Die Form der Spanten kam ihm merkwürdig vor, und als er genauer hinsah, stellte er fest, dass es sich um das von der Witterung gebleichte Geripp eines riesigen Wals handelte.

Er schaute wieder zu den Grenzen der antarktischen See hinaus, wo die Welt der Wale war, und noch einmal ließ er seinen Blick zurückschweifen, als folge er der Route des Meeressäugers bis zu dem Geripp, das mitten auf dem weiten Kieselstrand lag. Danach betrachtete er die Konturen der Pampa, die steile Lösswand, aus der sich die Pampa zum Kap emporschwingt, die wie ein regloses Meer daliegenden Dünen und das Vorgebirge zu seinen Füßen. »Auch meine Knochen könnten hier an dieser Küste am Ende der Welt herumliegen«, dachte er mit einem gewissen Unbehagen und machte sich auf den Heimweg.

Eine Brise von Menschlichkeit, von deren wohltuender Frische ihre Herzen lange nicht mehr berührt worden waren, wehte durch das Leben der zwei Männer in diesem gottverlassenen Winkel an der Ostküste Feuerlands.

Sie zogen oft gemeinsam los, um Seehunde zu jagen, die mit ihren Jungen aus dem Südmeer kamen. Die Felle dienten ihnen als Mantel, und das Fleisch der Jungtiere, die sie mit einem einzigen Knüppelhieb auf die Schnauze töteten, aßen sie.

Je länger die Brutzeit dauerte, desto knapper wurden die genießbaren Möweneier, und die ihre Nester beschützenden Vögel wurden gefährlich. Während der eine sich bückte, um die Eier einzusammeln, musste der andere ununterbrochen mit einem Ziemer oder Knüppel herumfuchteln, um die wütenden Vögel abzuwehren, die sich in Schwärmen auf die Eierräuber stürzten. Tausende von Vögeln verwandelten den Himmel in eine dichte, flatternde, krächzende Decke und wurden manchmal so bedrohlich, dass die Männer ihre Eiersuche unterbrechen und sich Rücken an Rücken stellen mussten, um sich mit Stöcken der zornigen Schnabelhiebe zu erwehren.

Trappen und Guanotölpel boten jedoch reichlichen Ersatz für die Möwen; sie kamen ebenfalls zu Tausenden, und ihre Nester zwischen den Bartgrasinseln quollen von fünfzehn, zwanzig und mehr Eiern über; die der Guanotölpel waren so groß wie Gänseeier, die der Trappen so groß wie Hühnereier, und auch im Geschmack ähnelten sie denen des Hausgeflügels. Die Guanotölpel ließen sich leicht fangen, weil man sich ihnen zu Pferd nähern konnte, aber niemals zu Fuß.

Ein Stück gemeinsam am abendlichen Feuer verzehrtes Dörrfleisch, das Pferd, das sie sich teilten – all dies verband die zwei Männer. Dann wieder schlenderten sie die Strände und Steilküsten entlang, mit dem stets wachen Instinkt des Goldsuchers, dessen Blick nie ruht, wenn er über Felsen, Lössadern oder Sandböden streift.

»Vor ein paar Tagen habe ich am Strand in der Nähe des Kaps ein Walskelett entdeckt«, sagte Schaeffer bedächtig, »ich überlege mir, ob ich nicht ein paar Rippen herausbrechen soll, um daraus einen Windschutz gegenüber der Höhle zu bauen; wir könnten sie auch am Eingang befestigen und mit Fellen zudecken, dann kommt kein Wind und kein Regen mehr herein.«

»Nicht schlecht«, sagte Novak, »aber gedenkst du den Rest deines Lebens in dieser Höhle zu verbringen?«

»Solange es was zu essen gibt, sind wir hier gut aufgehoben, finde ich.«

»Ich habe nicht die Absicht, meine Tage wie ein Ona unter einem Zelt aus Seehundfell zu beschließen.«

»Ich glaube, wir sollten hierbleiben.«

»Warum?«

»Um Gold zu suchen.«

Novak hob den Kopf; es war das erste Mal, dass das Wort Gold fiel, seit sie hier waren, und es kam ihm seltsam vor, dass Schaeffer die Rede darauf brachte.

»Vielleicht, ja, aber nicht an dieser Stelle. Popper hat sich die ganze Küste angeeignet und will mit einer anderen Expedition weiter nach Süden vordringen. Wenn ich mir vorstelle, dass ich zu seiner Leibgarde gehört habe, seit wir zusammen das erste Mal die Insel durchquert und Indios getötet haben ... und jetzt muss ich mich verkriechen wie eine Ratte, um nicht von ihm gehängt zu werden!«

»Wir hätten uns nie mit ihm anlegen dürfen. Man muss immer mit dem Wolf heulen, niemals gegen ihn«, brummte Schaeffer und stocherte in der letzten Glut zwischen den Steinen.

»Ich habe zur Genüge mit dem Wolf geheult, habe seine Armee befehligt, damit andere für ihn das Gold waschen. Fast eine halbe Tonne Goldstaub und Nuggets in zwei Jahren! Und wozu das alles? Damit er mir am Ende sagt: Hier hast du deinen Sold ... und mir ein paar selbst geprägte Münzen hinwirft!«

»Sie waren immerhin aus reinem Gold und genauso viel wert, wie sie wogen, nicht wie die Münzen der Regierungen.«

»Aber wer gibt ihm das Recht, eigene Münzen zu prägen und seine Leute damit zu bezahlen? Und sein Bild auf den Briefmarken, die er sich ausgedacht hat? Und seine Willkürgesetze? Und die uniformierte Miliz, als wäre er ein richtiger König? Wer hat ihm diese Macht verliehen?«

»Du selbst. Oder etwa nicht? Du warst bereit, seine Soldaten zu befehligen, als wärst du noch immer Unteroffizier, hast sie in Uniformen gesteckt, damit sie dich Kommandant nennen und du dich wie ein General fühlen konntest«, sagte Schaeffer mit ironischem Lächeln.

»Ich habe es getan, um uns bei den Indianern Respekt zu verschaffen.«

»Nach den Indianern waren wir an der Reihe, uns für ihn abzurackern und den Mund zu halten. Du hast ihm bei dieser Schinderei geholfen, weil du dachtest, er würde dir eine schöne Scheibe überlassen; da er es aber nicht getan hat, hast du dich gegen ihn gestellt und mich mit in die Scheiße hineingezogen. Wenn ich daran denke, dass er uns mit den von dir erfundenen Vogelscheuchen hereingelegt hat …!«

Schaeffer spielte auf die pittoreske Kriegslist an, dank welcher der »König der Steppe« seine Armee in den Augen der Eingeborenen und marodierenden Horden, die von Goldgier getrieben ständig am Rande des Páramo umherstreiften, viel größer erscheinen lassen wollte, als sie wirklich war. Novak selbst hatte die Strohpuppen gebastelt, sie wurden in die Uniformen der Miliz gesteckt, mit einem Holzkarabiner quer über dem Rücken auf Pferde gebunden und von einem einzigen Reiter in einer langen Reihe die Grenzen des Popper'schen Reichs entlanggeführt. Von Weitem sahen sie aus wie echte berittene Soldaten, und sie hatten zudem den Vorteil, dass eine Kugel ihr Herz durchbohren konnte, ohne dass sie vom Pferd stürzten.

»Die Soldaten dort sehen aus, als wären sie krank …

Warum halten sie ihr Gesicht bedeckt?«, fragte einmal einer, der sie von fern beobachtet hatte und der später auf den Schürfstellen des Páramo arbeitete. Daraufhin ließ Popper ihnen Masken malen und befestigte sie zwischen den Haarsträhnen aus Bartgras. Schaeffer lächelte bitter, als er daran zurückdachte, wie er oft auf Befehl des »Kommandanten« die Vogelscheuchen hatte in scharfem Trab anführen müssen, damit sie lebendiger wirkten.

Was Novak am meisten ärgerte, war die Erinnerung daran, dass es die von ihm erfundenen Vogelscheuchen gewesen waren, die später am Rio Beta die Niederlage seiner Männer herbeigeführt hatten. Da die List ihm bekannt war, hatte er die Vorhut vernachlässigt und stattdessen die Nachhut verstärkt; doch statt der Strohpuppen war Julius Popper persönlich mit allen verfügbaren Männern vor ihnen aufgetaucht, während die Vogelscheuchen seine Flanken aus der Ferne eskortierten. Die verwirrten Männer vermochten den Angriff nicht abzuwehren und überlebten nur dank kopfloser Flucht.

Am nächsten Tag sattelte Schaeffer das gemeinsame Pferd und ritt zum Strand, um sein Vorhaben, aus den Rippen des Wals einen Wind- und Regenschutz zu bauen, in die Tat umzusetzen.

Als er sich dem Skelett näherte, begann das Pferd zu schnauben, es traute dem seltsamen weißen Knochengerüst offenbar nicht, und als sie noch näher herankamen, stellte es sich gänzlich stur. Als Schaeffer ihm die Sporen gab, bäumte es sich und hätte ihn beinahe abgeworfen. Er stieg ab, band dem Pferd die Vorderfüße zusammen und ging auf das Skelett zu.

Aus der Nähe war die Größe der Knochen noch beeindruckender; die Form des riesigen Wals war vollständig erhalten. Das Tier musste mindestens fünfunddreißig Meter lang gewesen sein. Die Schädelknochen erinnerten an einen gigantischen römischen Kampfwagen, der Brustkorb an einen Schiffsrumpf und die Wirbelknochen des Schwanzes an eine monströse Schlange, die sich in den Sand gegraben hatte.

Schaeffer ging eine Weile in dem Knochengerüst umher, streckte die Arme in die Höhe und stellte sich ungläubig das Ausmaß des Tiers vor, dessen Brustwirbel teilweise im Schottersand eingegraben waren. Er schaute sich jede einzelne Rippe genau an, dann verließ er das Innere des Skeletts und begann an den Rippen zu rütteln. Sie waren unverrückbar; doch dann lockerte sich eine dank seines heftigen Zerrens, ihre scharfen Spitzen klafften langsam auseinander, er hängte sich an das eine Ende, und so gelang es ihm schließlich, eine Rippe herauszubrechen. Der Alte wischte sich den Schweiß ab und setzte sich auf die Rippe, die er auf den Sand gelegt hatte wie eine gewölbte Bank. Er wollte ein Weilchen ausruhen und sie dann zum Pferd schleppen, das in einiger Entfernung graste. Sollte er die Rippe nicht über den Sattel legen können, würde er sie mit dem Zügel am Bauchgurt des Pferdes befestigen und zur Höhle schleifen. Jeden Tag eine Rippe, bis er einen ordentlichen Windschutz gebaut hatte.

Sein Blick fiel auf seine Lederjoppe, die er auf die Erde geworfen hatte. Er hatte sie ausgezogen, als er sich an der Rippe zu schaffen gemacht hatte; sie war abgewetzt und hatte ihre kaffeebraune Farbe verloren; sie sah eher aus wie ein Stück seiner eigenen Haut, die von Wind und Wetter in jenen öden Breiten ebenfalls gebleicht und rissig geworden war. »Wenn man sich nur das Fell abziehen und sich erneuern könnte!«, dachte er.

Plötzlich verengten sich seine Augen wie die einer Katze, die die Schwanzspitze einer Maus entdeckt hat; er rieb sie sich, als erwache er aus einem Traum, stand leise auf und ging wie auf Katzenpfoten auf seine abgetragene Joppe zu, vorsichtig und wie hypnotisiert von dem Anblick: Als er die Rippe mit einem Ruck aus dem Sand gezogen hatte, war schwarzer Sand aus dem Loch gesickert! Er hob ihn zitternd auf und zerrieb ihn zwischen den Fingern. Er traute seinen Augen kaum, doch seine Finger erkannten die eisenhaltige Körnung, den charakteristischen schwarzen Sand, in dessen Nähe meistens Gold gefunden wird. Die Ödnis jener verlassenen Gegend verwandelte sich für Schaeffer in den wundervollsten, lieblichsten Ort auf der Welt.

Die Körnchen in seiner Hand streichelnd, ging er auf das Loch zu, aus dem sie zum Vorschein gekommen waren; Sand und Grus hatten es wieder zugedeckt. Da begann er wild mit beiden Händen zu graben, als bahne er sich einen Weg durch das Herz der Erde.

Seine Hände hielten erst inne, als er glaubte, das Herz der Welt berührt zu haben. Seine Finger tasteten behutsam die Erde ab, erkannten die samtene Oberfläche der Körnung, das magnetische Eisenoxyd, den schwarzen Sand, der die Kompasse der nassauischen Flotte – der ersten Schiffe, die hinter Kap Hoorn vor Anker gegangen waren – orientierungslos kreisen ließ.

Schaeffer bohrte seine Hand so tief er konnte in die Erde, bis er den Rand des Wirbelknochens ertastete, aus dem er die Rippe herausgebrochen hatte, und holte eine Handvoll des lockenden Materials heraus. Er ließ einen Teil durch die Finger rieseln und schwenkte den Sand ehrfürchtig hin und her, als sei seine Hand eine kleine

Pfanne. Er untersuchte den Sand bis auf das letzte Körnchen, doch da war kein Gold, nur die eisenhaltige Körnung. Zögernd, als könne er sich nicht entschließen, sich davon zu trennen, ließ er den Sand durch die gespreizten Finger gleiten, und der Wind verwehte ihn. Um ihn herum war die Landschaft wieder so öde wie zuvor, der Strand war noch grauer, feindselig das Meer mit seinem stahlfarbenen Flimmern, und der Himmel war trotz der Lücken, die der Wind in die Wolkendecke riss, ein trübes Auge, das auf diese Wirklichkeit herabsah.

Doch Schaeffer begann wieder in der Erde zu wühlen, mal mit dem Messer, mal mit den Fingern, wie ein erschrockener Maulwurf, der um sein Leben gräbt. Er hielt nur inne, um sich den Schweiß abzuwischen oder wenn ihn die Erschöpfung dazu zwang; dann nahm er den Sand wieder in die Hand und siebte ihn zwischen seinen Fingern, doch wenn er einen weiteren Misserfolg feststellte, warf er ihn entmutigt vor sich hin flüsternd weg: »Nur dieses verdammte Eisen!«

Am Nachmittag – er verspürte keinen Hunger und merkte nicht, wie die Zeit verging – machte er sich daran, eine weitere Rippe herauszubrechen: mit demselben Ergebnis. Erschöpft und wütend versuchte er es dann mit einer dritten, einer kleineren. Die Sonne, die zwischen blauen Himmelsflecken und Wolkenbänken ihre Bahn am Himmel zog und die Stimmung des Mannes widerspiegelte, warf Licht und Schatten auf den Strand.

Müde und mit zerschundenen Nerven setzte er sich auf die Rippe, die im Sand lag. Er fühlte sich in seinem Innersten ebenso verwundet wie in jener Nacht, als die Kugel sein Bein durchbohrt hatte. Er betrachtete seine Lederjoppe, sie war zerknittert wie ein alter Lappen, zerknittert wie er selbst, innen und außen. Doch dann raffte er sich noch einmal auf, kniete sich wieder in den Sand und grub und grub, als hinge sein Leben davon ab.

Auch der große Goldklumpen der Sonne trat nun seinen Rückzug in den schwarzen Sand der Nacht an, während seine letzten verlängerten Strahlen auf Schaeffers Handfläche zu einem gelblichen Funkeln gerannen. Es waren Goldblättchen, die der Hauch seines Atems auf seiner schwieligen Hand vom Schatten des Eisenschrots befreit hatte!

Eine ganze Weile stand er da und starrte sie an, bis der verdächtig klare Tropfen, der stets von seiner Nasenspitze herabhing, anschwoll und hinunterfiel und auf den Goldblättchen zerplatzte. Er rieb sich die Augen, doch diesmal nicht, um ein Trugbild zu verscheuchen, sondern weil er weinte. Viele Jahre war es her, dass diese Augen geweint hatten.

Die untergehende Sonne ließ ebenfalls große Goldnuggets am Rand der Horizontpfanne zurück, goldene Kumuluswolken, mit denen die feuerländische Abenddämmerung ihre unablässig wechselnden Phantasmagorien entzündet.

Doch Schaeffer sah den Sonnenuntergang nicht; für ihn schien die Sonne in seiner Handfläche immer noch, es war ihre Farbe, die Farbe des begehrtesten, des geschmeidigsten aller Metalle.

Hatte Julius Popper seinen berühmten »Goldernter« dadurch erfunden, dass er den Meeresochsen unter das Joch seiner Erfindungsgabe zwang, so hatte an jener abgelegenen Küste Feuerlands die Natur ihre eigene Erntevorrichtung errichtet.

Es war ein feuerländisches Naturphänomen, denn während anderswo die Goldkörner und -blättchen von den Flüssen aus ihren Quarzbetten gerissen werden, werden sie an den Küsten Feuerlands durch den Sog der Meereswellen angespült, die sie sowohl aus dem ozeanischen Bett der Ufer reißen als auch aus den ausgedehnten atlantischen Untiefen oder sie bei Flut aus den Steilklippen spülen.

Aufgrund eines Hebungsphänomens, das ebenfalls für die Ostküste Feuerlands charakteristisch ist, hatte sich das Meer zurückgezogen und mitten auf dem weiten Strand das Walgerippe zurückgelassen. Vorher jedoch – und wer weiß, wie lange schon – hatten das Knochengerüst, die Rippen und die Lücken zwischen den Wirbelknochen, die Funktion einer ungewöhnlichen Goldwäscherei übernommen.

Dank dem vom Himmel gesandten Fund änderte sich das Leben der zwei Männer schlagartig. Novak ritt mit den ersten Klümpchen und Blättchen nach Süden, zum Hafen von Rio Grande hinunter, und kaufte Werkzeug, wie das nach der Katastrophe am Rio Beta zurückgelassene. Zudem deckte er sich mit Tabak und Lebensmitteln ein, um den Speiseplan der Natur ein wenig abwechslungsreicher zu gestalten. Ein Pferd mit einem Falklandsattel für Schaeffer transportierte die ganze Ladung.

Doch die Brise der Menschlichkeit begann sich nun aus den Herzen der zwei Männer zurückzuziehen.

»Dem Brauch entsprechend steht dir ein Drittel zu«, sagte Schaeffer, als sie mit den von Novak herbeigeschafften Geräten die gemeinsame Arbeit organisiert hatten und die erste Ausbeute untereinander aufteilten.

»Warum?«, fragte Novak ungläubig.

»Weil ich das Vorkommen gefunden habe.«

»Vorkommen nennst du das? Ein paar Walknochen, die das Meer an den Strand gespülte Gold aufgefangen haben!«

»Egal, es gehört jedenfalls mir. Ich habe das Skelett entdeckt, also gehören die Knochen und alles, was unter den Knochen ist, mir. Den ganzen übrigen Strand kannst du meinetwegen für dich haben, und wir können uns die Arbeit teilen, aber das hier nicht. Das wäre ja noch schöner«, fuhr Schaeffer ungewohnt redselig fort, »wenn du morgen über einen Goldklumpen stolperst und du ihn mit mir teilen müsstest, nur weil ich hinter dir hergegangen bin! Wärst du vielleicht dazu bereit?«

»Das ist was anderes.«

»Ist es nicht.«

Novak musterte ihn von oben bis unten. Er maß über einen Meter neunzig, und sein kantiges Gesicht mit dem vorspringenden Kinn und den dunklen Kinderaugen verzog sich zu einer betrübten, nachdenklichen Grimasse.

»Ich weiß schon, was du denkst«, brummte Schaeffer mit einem schelmischen, boshaften Lächeln: »›Mir, der ich dir das Leben gerettet habe, lohnst du es jetzt so!‹ Ich gebe es dir zurück, wenn du willst, hol es dir. Aber das Gold wird so verteilt, wie ich es sage.«

»Ein Leben kann man sich nicht einfach holen, außer das eines Schufts wie du!«, schrie Novak ihn eher verbittert als wütend an.

»Ja, das stimmt, ein Leben holt man sich nicht; Gold aber wohl.«

Novak trug sich mit dem Gedanken zu verschwinden, und er hätte es auch getan, hätte er als Soldat nicht gelernt, eine Situation erst einmal zu überdenken. Man

durfte das Schlachtfeld dem Gegner nie kampflos überlassen. Das war es, was Schaeffer wollte, ja, er wollte das
ganze Gold für sich allein! Er blieb. Aber der Hauch der
Freundschaft sollte ihre Herzen nie mehr erfrischen.

Sie saßen jetzt nicht mehr so oft zusammen in der
Höhle, die Schaeffer wie geplant mit einem stabilen Wet-
terschutz aus Walrippen und Seehundfellen versehen
hatte. Argwöhnisch wie Raubtiere wandten sie vom frühen Morgen bis zum späten Abend ihre ganze Energie auf
die Arbeit des Goldwaschens. Selbst beim Wasserholen
für ihre Waschpfannen warfen sie sich gegenseitig misstrauische Blicke zu, und unter dem Dach aus Seehundfellen zwischen den Felsen sprachen sie nur das Nötigste
miteinander.

Am Ende ihres Arbeitstags teilten sie mithilfe einer
Waage, die sie aus zwei Stäben, Guanakosehnen und zwei
Tellern aus getrockneter Haut gebastelt hatten, in dem
von Schaeffer bestimmten Verhältnis untereinander auf.
Wenn ein Anflug der früheren Herzlichkeit die beiden
Männer hin und wieder ein wenig aufzuheitern suchte,
wurde er, sobald es ans Wiegen des Goldes ging, unwei-
gerlich vertrieben.

In wenigen Wochen war die ganze nähere Umgebung
ausgeschachtet und umgegraben, war jeder einzelne
Wirbel des Knochengerüsts zerlegt. Als keine Handvoll
Sand oder Grus mehr vorhanden war, die nicht schon
einmal in der Waschpfanne geschwenkt und nochmals geschwenkt worden war, rief Novak eines Tages
aus: »Ich breche meine Zelte ab; hier ist nichts mehr zu
holen!«

»Stimmt – hier ist nichts mehr zu holen«, bestätigte
Schaeffer.

Beide standen eine Weile dort, betrachteten erstaunt den Kies und den Sand, den sie bis zu einer beträchtlichen Tiefe umgegraben hatten, und konnten kaum glauben, dass sie die schweren Walknochen tatsächlich zerlegt und abtransportiert hatten.

»Wir haben fast den ganzen Strand umgegraben!«, war Schaeffers letzte Bemerkung, bevor sie sich abwandten.

An jenem Abend wogen sie in ihrer Höhle alles Gold, das sie geschürft hatten.

»Fast ein ganzes Kilo!«, rief Schaeffer mit gierig leuchtenden Augen, als er seinen Lederbeutel in der Hand wog.

»Gar nicht schlecht«, sagte Novak, als er seinen Anteil unter seinen Guanako- und Seehundfelldecken verstaute.

Schaeffer hingegen steckte seinen Goldbeutel in eine der großen Taschen seiner Lederjoppe und ging gemächlich unter dem mit Seehundfellen bedeckten Vordach aus Walrippen ins Freie.

Immer, wenn sie am Ende eines Tages das Gold untereinander aufgeteilt hatten, hatte Schaeffer das Gleiche getan: Er verließ die Höhle, blieb eine Weile draußen und kehrte dann zurück, zog den dunklen Lederbeutel aus der Tasche und ließ ihn ostentativ auf seine Felldecken fallen, die in der engen Höhle unter den Felsen ab und zu Novaks Decken überlappten.

Es war nicht zu übersehen, dass Guanotölpel und Trappen sich in großen Schwärmen auf den Wiesen und Ebenen sammelten. Eines Morgens beobachteten die beiden Männer mit einem gewissen Unbehagen, wie sich ein Schwarm plötzlich in die Lüfte schwang und, mit drei Erpeln an der Spitze ein großes Dreieck bildend, seinen Wanderflug zu anderen, weit entfernten Ländern antrat; sie hatten ihre Jungen zwischen den Bartgrasbüscheln

Feuerlands großgezogen und nahmen sie nun mit sich; sie kündigten mit ihrem uralten Instinkt das Herannahen der ersten Herbststürme an.

»Wir müssen mit den Guanotölpeln aufbrechen«, sagte Novak.

»Wohin willst du gehen?«, fragte Schaeffer kalt.

»Nach Norden, dort, wo auch sie hinfliegen. Dort ist das Leben.«

»Aber suchen tun sie es hier«, entgegnete der Alte schelmisch lächelnd.

»Ich überquere die Magellanstraße und nehme in Punta Arenas das erstbeste auslaufende Schiff, und dann immer nur nordwärts, egal wohin.«

»Ich gehe nach Rio Grande. Ich will auch von dieser Insel runter; die gute Zeit hier ist vorbei«, seufzte Schaeffer.

Am Vorabend ihres Aufbruchs lastete eine schwere Stille auf den zwei Männern. Sie saßen wie früher zusammen und aßen ein Stück am Feuer gebratenes Guanakofleisch und tranken Mate dazu. Guanotölpel- oder Möweneier gab es schon lange nicht mehr. Zwischen ihnen war etwas, was sie am Sprechen hinderte, sie vermochten aber auch nicht von ihrem Platz am Feuer aufzustehen, das nur noch schwach flackerte, mehr Asche war als Glut – wie die Loderasche des schwarzen Gesträuchs *mata negra,* dieser nutzlosen Pflanze mit kränklichen hohlen Zweigen und einem schwammtrockenen Kern, porös wie Kork, das auf den Steppen Feuerlands bestens gedeiht.

Im schwindenden Licht der Dämmerung betraten sie wie jede Nacht still ihre Höhle und legten sich schlafen. Kurz darauf schnarchte der Alte friedlich vor sich hin; Novak hingegen fand keinen Schlaf.

Finstere Gedanken gingen ihm im Kopf herum; sie kamen und gingen, waren bei jedem Kommen etwas finsterer. Um sich abzulenken, dachte er an die Ereignisse zurück, die ihn an diesen gottvergessenen Winkel des Planeten geführt hatten. Er enteilte, wie es allen schlaflosen Menschen in der Dunkelheit widerfährt, mit Siebenmeilenstiefeln in die Vergangenheit, die hier und da von flackernden Erinnerungen und von verborgenen Beweggründen erhellt wird, die in der rauen See des Vergessens treiben.

Er war als Artillerie-Feldwebel aus Europa gekommen, eine Batterie der Firma Krupp hatte ihm unterstanden, die auf Anregung der argentinischen Regierung in der Umgebung von Buenos Aires zu einem Wettschießen mit Batterien von Schneider und anderen Waffenherstellern antreten sollte. Er hatte schon immer eine etwas kindliche Vorstellungsgabe gehabt, wie sie für Kriegslisten ja wohl vonnöten ist, und auch diesmal dachte er sich einen Bubenstreich aus, um mit seiner Kanone und seinen Geschossen die seiner Konkurrenten zu übertreffen. In der Nacht fand er eine Möglichkeit, die ihm zugedachten Ziele mit Kerosin zu bestreichen. Als am nächsten Tag vor der versammelten Militärführung das Wettschießen stattfand, durchschlugen seine Projektile nicht nur die Zielobjekte, sondern setzten sie obendrein auch noch in Brand.

Ein Landsmann lockte ihn mit dem Angebot einer Verwalterstelle auf der Estanzia Las Heras ins argentinische Patagonien, und so war er in den Süden gekommen, um dort die Viehzucht militärisch zu organisieren. Die Estanzia war jedoch klein und konnte den Ehrgeiz des Feldwebels Fritz Novak nicht befriedigen, der davon träumte, wie ein König in seinem Reich zu leben, was die Verwalter der großen Niederlassungen englischer Gesellschaften auch tatsächlich taten. Er war aber Deutscher, und die Deutschen hinkten in ihrer Kolonialisierung den Engländern stets einen Schritt hinterher.

Zu dieser Zeit kam es zu einem Vorfall an der Küste weiter südlich von der Estanzia, auf der er arbeitete: Ein Robbenkutter, der auf der Suche nach der östlichen Einfahrt zur Magellanstraße die lange niedrige Steilküste Patagoniens entlangfuhr, wurde von einem Sturm überrascht und an das Ufer eines Kaps geworfen, das von Fernando de Magellan auf den Namen »Once Mil Vírgenes«, Elftausend Jungfrauen, getauft worden war. Als die Schiffbrüchigen auf der Suche nach Wasser einen Brunnen aushoben, stellten sie fest, dass der lösshaltige Schlick voller Partikelchen reinen Goldes war. Das Unglück der Schiffbrüchigen wurde schlagartig zum Glücksfall, und die Nachricht von dem Fund ging um die ganze Welt. Von überall her kamen die ewigen Abenteurer auf der Suche nach dem wertvollen Metall. Die »Zanja a Pique« – Steile Grube, so nannte man die Stelle wegen der hohen Klippen, mit denen die Pampa zum Atlantik hin abbricht – wurde von heute auf morgen zu einer improvisierten Zeltstadt, in der man Individuen aus aller Herren Länder begegnete. Einer aber fiel wegen seiner Kenntnisse und seines Wagemuts besonders auf: der rumänische Ingenieur Julius Popper, »Don Julius«, wie er genannt wurde, wenn man es mit seiner starken Persönlichkeit zu tun bekam. Popper befand sich an den Ufern des Yangtse, als er von dem Goldfund erfuhr, er schwang sich auf der Stelle wie eine Salangane in die Lüfte und flog vom tausendjährigen China zum jungfräulichen Patagonien.

Auch Feldwebel Novak verließ seine Estanzia und machte sich auf den kurzen Flug von Las Heras zur »Zanja a Pique«. Diese lieferte genügend Gold für alle – allerdings nicht so viel, dass nicht jeder sein Hab und Gut schon bald mit Waffengewalt hätte schützen müssen.

Julius Popper ließ seinen Blick über die Magellanstraße schweifen, und sein Ingenieursauge sah, dass die Ostküste Feuerlands, die der »Zanja a Pique« genau gegenüberlag, von der gleichen geologischen Beschaffenheit war wie die Küste Patagoniens.

Er suchte sich unter den Abenteurern die mutigsten und entschlossensten aus – was sie ihm später mit einer Rebellion lohnten – und organisierte eine Expedition nach Feuerland. Sie waren die ersten Weißen, die mit Feuer und Schwert Onasín, wie die eingeborenen Onas ihr Land nannten, durchquerten. Als Zeichen der ersten Berührung mit der Zivilisation hinterließen sie eine breite Blutspur.

Nach den Erfahrungen aus der »Zanja a Pique« stellte Popper, gleich nachdem er die Goldvorkommen des Páramo entdeckt hatte, eine bewaffnete Truppe zusammen und unterstellte sie dem deutschen Ex-Feldwebel Fritz Novak, der für dieses hohe Amt wie geschaffen war.

Und was hatte er von alledem gehabt? Nichts als ein Leben voller gefährlicher Abenteuer, um seinen Herrn zu beschützen! Denn kaum stand seine Armee, hatte Popper sich selbst zum »König der Steppe« ernannt. Und er, Novak, der sozusagen seine rechte Hand gewesen war, hatte sich zwischen den Felsen verkriechen müssen wie eine verschreckte Maus.

In seinem Geist tauchte deutlich das Bild des Rumänen vor ihm auf: die breite Stirn, das bläulich weiße Gesicht, der rote Vollbart, die gerade, leicht römisch wirkende Nase und seine grünen Schlangenaugen, die einen mit stählerner Gleichgültigkeit musterten. Eine mächtige Bassstimme vervollständigte seine eindrückliche Erscheinung.

Er glaubte diese Stimme immer noch zu hören, die blitzenden Augen zu sehen, wenn er seine Truppe anspornte, vor der er, Novak, strammstand, wie es sich für einen pflichtbewussten Kommandanten gehörte. »Soldaten! Die zwei Triebkräfte, die die menschliche Gesellschaft bewegen, sind der Hunger und das Gefängnis – wie das Stück Fleisch und der Stock vor der Nase des Hundes; wir machen keine Ausnahmen, meine Herren, wir müssen essen, müssen unser Leben schützen, müssen uns im Bauch der Frauen fortpflanzen! Der Hunger zwingt den Menschen zu essen, und das Gefängnis zwingt ihn zu arbeiten, damit er sein Essen nicht stiehlt! Hinter allem finden wir also immer einen leeren Magen, Beweggrund für jede Anstrengung! Doch der Mensch muss sich selbst überwinden, darf seine Rettung nur in sich selbst finden! Seht diese Fahne, das unbezwingbare weiße Banner der Gerechtigkeit, die unsere Waffen lenkt, und das Blau des Himmels, das über alle eure Schritte wacht! Eure heldenhaften Taten werden euch über jeden materiellen Reichtum erheben!«

Ob sie je etwas von dem verstanden, was er ihnen sagte? Kaum. So wenig, wie sie die italienischen Inschriften verstanden, die er den Deserteuren umhängte. Doch wie auch immer: alle, einschließlich seiner selbst, standen unter dem Bann der Ausstrahlung und der Wortgewalt dieses Mannes.

Klar, dachte Novak in seinem finsteren Felsenloch, für ihn war das eine schöne Philosophie: Heldentaten für die einen, die Schätze für den Herrn, der sich berufen fühlte, den Himmel zu erobern. »Mistkerl!«, brummte er vor sich hin, als er an das Schlusszeremoniell dachte, wenn er nach beendeter Ansprache seinen Degen zog und unisono mit seinen Soldaten rief: »Mit euch unser Leben, für euch unser Tod!«

Er wiederholte die beiden Sätze, die Popper sich ausgedacht hatte und die er den Soldaten eintrichtern musste: ein Schwur auf den Herrn und Meister, den sie im Chor brüllten. »Mit euch unser Leben, für euch unser Tod ...« Er stieß vor Zorn und Selbstmitleid einen tiefen Seufzer aus. Ein elender Narr war er gewesen, nur dazu da, noch elenderen Narren Furcht einzujagen! Der Rumäne hatte ihn manipuliert wie eine der Vogelscheuchen, die er selbst gebastelt hatte, um Indianer und Gesindel zu täuschen! Muss das Leben wirklich so sein? Hunger und Gefängnis, damit der Mensch sein Essen nicht stiehlt? Damit er arbeiten, produzieren muss? Steht hinter jeder Anstrengung ein leerer Magen?

Mitten in der Nacht begann der Ostwind heftig zu blasen, seine breite Peitsche fuhr heulend zwischen die Walknochen vor dem Eingang der Höhle, und ein loses Seehundfell schlug dumpf wie eine Trommel gegen die mächtigen Rippen.

Schaeffer schrak von dem Getrommel kurz aus dem Schlaf, wimmerte leise und drehte sich auf seinem Felllager auf die andere Seite; kurz darauf schnarchte er wieder.

»Das Leben gleicht sich doch überall!«, sagte Novak in der Dunkelheit lautlos zu sich selbst. Hatte er nicht einst in einer anderen, einer größeren Armee gedient, die ab und zu mit Knüppel und Gewehr ein hungerndes Volk in Schach halten musste, das sich auf die Happen der Reichen stürzen wollte? Auch an anderen Ufern gab es Männer, die Armeen befehligten und die von geschickten Herren, die sich kluge Ansprachen ausdachten, wie Strohpuppen gegängelt wurden! Wie einfach doch alles war: ein Stück Brot und ein Stock, um dem Hund zu zeigen, wo es langgeht! Was war der Mensch sonst? Warum hatte er das nicht früher begriffen? Schlicht und einfach, wie Popper es ausdrückte? Zugegeben, der Kerl war gewitzt, intelligent. Er hatte die Natur bezwungen und sich dienstbar gemacht, und er hatte die Menschen ebenso bezwungen und sie sich zu seiner Bereicherung dienstbar gemacht! Nur dass er für das Meer bloß seinen Geist gebraucht hatte, für die Menschen jedoch Galgen und Vogelscheuchen aus Stroh und aus Fleisch und Blut.

Und das Gold des Páramo war überall dasselbe! Die Menschen waren hinter dem gelben Metall her, weil es zu essen beschaffte, ohne dass man arbeiten oder ins Gefängnis musste, weil es die Liebe kaufte und die Macht. Man brauchte sich nur anzusehen, wie sich die Menschen veränderten, wenn sie es in den Händen hielten. Hatte der filzige Alte, der neben ihm schnarchte, es nicht bewiesen? Kaum hatte er ein bisschen Gold unter seinen Fingernägeln gespürt, war er zu einem habgierigen kleinen Popper geworden! Und er, er hatte sowohl dem einen als auch dem anderen das Leben gerettet, nur damit sie ihn wie einen Hund behandelten.

Doch mit einem Mal hörte er auf, die anderen zu beschuldigen; seine stumme Rede richtete sich nun gegen ihn selbst: War er etwa nicht auch hinter dem Gold her? Hatte er etwa nicht auch Ona-Indianer erschossen und ihnen die Ohren abgeschnitten, um sie an die

Viehzüchter zu verkaufen, die sich in den Bartgrassteppen Feuerlands niederließen? Ein Pfund Sterling hatte er für jedes Ohr kassiert! Die Erinnerung an das Gemetzel in den Bergen hinter Kap Domingo quälte ihn. Er hatte sich einem Trupp Indianerjäger nur angeschlossen, weil ihn jemand in einem Bordell in Rio Grande aufgefordert hatte, an dem Abenteuer teilzunehmen. Er war stockbetrunken gewesen, versuchte er sich zu rechtfertigen, sonst hätte er es niemals getan. Die Onas kehrten mit ihren Frauen und Kindern, mit Pinguinen und Kormoranen beladen, von den Stränden am Kap zurück und wurden aus dem Hinterhalt angegriffen und erbarmungslos niedergemetzelt. Vier oder fünf starben unter den Kugeln seines Karabiners. Darunter ein junges Mädchen; es hatte auf der Flucht seinen Guanako-Umhang verloren; er erinnerte sich an ihren schönen, nackten Körper, an ihr Gesicht erinnerte er sich nicht, denn er hatte sie nicht anzublicken gewagt, als er ihr die Ohren abschnitt. Einmal mehr verfluchte er sich für diese Tat, die schwärzeste seines Lebens, die er in der Tiefe seines Gewissens versenkte und derentwegen er sich mit dem dafür kassierten Geld mehrere Tage hindurch bis zur Sinnlosigkeit betrunken hatte.

Schaeffer hörte auf zu schnarchen, stoßweises Atmen markierte nun den Rhythmus seines friedlichen Schlafs. Novak wandte sich um und versuchte, in der Dunkelheit das Gesicht des Alten zu erkennen, ahnte aber nur seinen Schatten unter dem Felsen. So hatten auch die Ona-Indianer nach dem Gemetzel dort gelegen, wie schwere, auf das Steppengras geworfene Schatten. Wieder erschauerte er bei der Erinnerung, doch er erschauerte noch mehr, als ihm klar wurde, dass er im Geist Schaeffers Schatten belauerte. War der geizige Alte vielleicht bloß der Schatten eines Menschen? Vielleicht sogar noch weniger wert als ein Indianer? Bestimmt, denn schließlich waren die Indianer auch menschliche Wesen. »Nach Poppers finsteren Plänen kommen wir gleich nach den Indianern«, hatte Schaeffer einmal gesagt. Und dieser Dreckskerl hatte ihm das Gold verweigert, genau wie Popper. Das Gold, das jetzt in Reichweite neben ihm lag. Er könnte es ihm wegnehmen. Der Alte war schwächer als er, und wenn er sich zur Wehr setzte … was würde das schon ausmachen? Er war ja weniger wert als ein Ona, war bloß ein schnaufender Schatten unter dem Felsen!

Novak tastete nach seinem Messer unter dem Kopfkissen und zog es aus der Scheide. Er brauchte Schaeffer nicht einmal ins Gesicht zu sehen. Es war ein ganz anderes Gefühl als damals mit dem Indianermädchen, dem er die Ohren abgeschnitten hatte. Er hielt nachdenklich inne, seine Hand umklammerte den Griff. Dennoch, es war nicht einfach, so kaltblütig zuzustechen. Er hatte sagen hören, dass Gewohnheitsverbrecher aus Angst töten, wie in einem unbezwingbaren Rausch. Aber nicht er; er war gelassen, ruhig; er war kein Gewohnheitsverbrecher. Langsam hob er das Messer …

Wieder pfiff der Wind heulend zwischen den Felsen und rüttelte am Seehundfell über den Walrippen, das wie ein schlaffes Trommelfell flatterte. Novak verharrte mit dem erhobenen Messer in der Hand; er sah den Alten nicht, aber er hörte dessen stoßweisen Atem. Nein, das hier war kein Schatten, sondern ein menschliches Wesen, ein schlafender, atmender Mann, so, wie er ihn in jener Nacht angetroffen hatte, damals in der Pampa, nachdem er ihn dem verschlagenen Spiro anvertraut hatte. Ein Mann, dem er das Leben gerettet hatte, den er auf sein eigenes Pferd gesetzt und dessen Wunden er verbunden hatte … das Leben gerettet, das er ihm jetzt des Goldes wegen nehmen würde. Langsam senkte er in der Finsternis die Hand mit dem Messer, bis die Klingenspitze Schaeffers Stirn berührte. Er tippte zwei-, dreimal dagegen, als klopfe er an einen Türrahmen, als rufe oder suche er etwas Verlorenes. Dann rieb er sich in der Dunkelheit die Augen, wie um ein Spinnengewebe wegzuwischen, damit er besser sehen konnte, was er da eben entdeckt hatte; er zog das Messer von Schaeffers Stirn zurück und zerschnitt mit einem kraftlosen Hieb die bleichen Schatten.

»Was ist los?«

Schaeffer fuhr erschrocken aus dem Schlaf und setzte sich auf einen Ellenbogen gestützt halb auf.

Novak blieb stumm. Die einzige Antwort war das Trommeln des Seehundfells auf den Walrippen. Ja, das war es, was Schaeffer geweckt hatte, und das unablässige Heulen des Windes zwischen den Tuffsteinfelsen. Der Alte drehte sich wieder auf die Seite und schnarchte weiter. Kurz darauf erhob sich neben ihm ein weiteres Schnarchen, ein leichtes, gleichmäßiges, wie das Geräusch von zwei rhythmisch eintauchenden Rudern auf einer spiegelglatten Wasserfläche.

Am anderen Morgen standen beide frühzeitig auf und sattelten ihre Pferde; sie teilten ihre Habseligkeiten freundschaftlich untereinander auf, dann ritten sie los in Richtung der Carmen-Sylva-Kordillere.

»Ich reite zum Hafen«, sagte Schaeffer, als sie die Piste erreichten, die in Richtung Süden nach Rio Grande führt.

»Ich gehe zum Rio del Oro«, sagte Novak und deutete mit einer ausholenden Armbewegung nach Nordosten;

als sie sich zum Abschied die Hände schüttelten, fügte er hinzu: »Pass auf deinen Beutel auf, es ist alles, was du noch hast in diesem Leben!«

»Er ist das Leben«, antwortete Schaeffer mit seiner üblichen Gleichgültigkeit.

Dann ritt jeder im scharfen Trab seines Weges; keine Niederlage heftete sich mehr an ihre Fersen.

Kurz bevor er in den ersten Ausläufern der Carmen Sylva verschwand, ließ Novak zum Abschied einen langen, hellen Pfiff ertönen. Schaeffer wandte sich im Sattel um und hob flüchtig den Arm als Erwiderung dieses letzten Grußes.

In gemächlichem Trab folgte er der Piste nach Süden, die sich zwischen sanft gewellten Pampahügeln schlängelte. Er war noch nicht lange geritten, da hielt er das Pferd an und drehte wie ein alter Fuchs den Kopf und blickte zurück. So saß er eine ganze Weile da und wartete; dann riss er die Zügel herum und ritt im Schutz der Hügel, die ihn vor Blicken aus der Sierra verbargen, zu der Stelle zurück, von wo sie gekommen waren.

Als er in die Nähe des Felsenhügels kam, unter dem sie Schutz gefunden hatten, spähte er noch einmal zu den fernen Bergen hinüber, dann stieg er ab und scharrte in der kleinen verlassenen Höhle einer Kammratte. Er steckte zuerst die Hand, dann den ganzen Arm in den von dem kleinen Nager ausgehöhlten Gang und zog einen mit Guanakoriemen verschnürten Lederbeutel hervor. Er band die Riemen los, und seine Augen blitzten vor Vergnügen, als er die goldenen Klümpchen und Blättchen betrachtete.

»Das beste Versteck ist für dich immer noch die Erde«, murmelte er. Er band den Beutel wieder zu und steckte ihn vorsichtig in die Tasche seiner weiten Joppe. Dann zog er aus der anderen Tasche einen zweiten Beutel hervor, der genau gleich aussah wie der, den er eben ausgebuddelt hatte. Er öffnete ihn, schaute hinein und schüttete ihn dann in der Luft aus, während er dabei krächzend lachte und ein übers andere Mal ausrief: »Eisenstaub, Eisenstaub!«

Und der Wind verwehte den Schatten des Goldes über die ganze Pampa, den dunklen Sand, dessen Vorhandensein einem den Weg weist.

Er steckte den leeren Beutel ein, mit dem er Novak getäuscht hatte, stieg auf und ritt davon, folgte der Piste, die nach Rio Grande führte.

Von Süden her näherte sich ein großer Schwarm Guanotölpel, der den Himmel mit Tausenden von braunen Flügeln durchpflügte. Als sie über seinen Kopf hinwegzogen, löste sich einer aus dem Schwarm und fiel wie ein Herbstblatt auf die Grassteppe. Sofort flogen vier oder fünf Geierfalken auf und umflatterten die erschöpfte Wildgans. Zwei, drei stürzten sich mit ihrem Schnabel auf den alten, einsamen Vogel, der sich mit seinen großen grauen Flügeln und seinem gelben Löffelschnabel verzweifelt zur Wehr setzte. Die Raubvögel ließen trotz ihrer Überzahl feige von ihm ab und beäugten ihr Opfer mit grimmigen, rot unterlaufenen Augen. Dann griffen sie alle zusammen an, und das Leben des alten Zugvogels endete unter einer Wolke von Federn und hackenden Schnäbeln.

Schaeffer, der angehalten hatte, um sich den ungleichen Kampf anzusehen, stieg vom Pferd und ging zu dem toten Guanotölpel. Er hob ihn auf und band ihn an den Füßen an seinen Sattel.

»Keiner weiß, für wen er arbeitet!«, rief er den Geierfalken zu, die ihn in ohnmächtigem Zorn anstarrten, ihre Krallen spreizten und die aufgerichteten Kammfedern schüttelten.

Er saß auf und ritt gemächlich nach Süden, während der Vogelschwarm im Norden verschwand – ein Stück feuerländische Pampa, das vor der grausamen Kälte eines nahenden Winters flieht.

Wie der Chilote Otey
ums Leben kam

An die neunhundert Männer versammelten sich auf der Meseta de la Turba, um zu beraten; sie waren die Überlebenden jener fünftausend, die sich am Arbeiteraufstand im Departement Santa Cruz in Patagonien beteiligt hatten.

Sie versteckten ihre Pferde in einem Talkessel und machten sich auf den Weg zum Hochplateau, das sich wie eine einsame Insel inmitten eines flachen, versteinerten grauen Meeres erhob. Von der Höhe der ungefähr dreihundert Meter abfallenden Steilhänge aus überblickte man die weite Pampa, vor allem aber die Gebäude der Estanzia, ein Grüppchen roter Dächer fünf Kilometer weiter südlich.

Kein menschliches Auge hätte hingegen die versammelten neunhundert Männer in den hoch gelegenen, mit kleinen, hellen Bartgrasweiden gesprenkelten Torfmooren entdecken können. Im Westen waren nur die fernen blauen Bergketten der patagonischen Anden zu erkennen, die einzige unregelmäßige Linie am Horizont der endlosen Weite.

Die neunhundert Männer schritten zur Mitte des Torfmoors und setzten sich auf die Erdhügel, bildeten so ein großes menschliches Rad, das mit der dunklen Farbe des Torfes verschmolz. Dazwischen blieb eine kleine

Pampalichtung frei, auf der wogende Grashalme stahl-grün schimmerten.

»Sind wir vollzählig?«, fragte einer.

»Vollzählig!«, antworteten mehrere gleichzeitig und sahen einander an, um ein bekanntes Gesicht zu entdecken.

Viele von ihnen hatten gegen die Truppen des Zehnten Kavallerieregiments gekämpft, die von Oberst Varela befehligt wurden; andere jedoch sahen sich zum ersten Mal, da sie zu den Überlebenden der Massaker am Río del Perro, am Cañadón Once und der Gefechte an den Ufern des Lago Argentino gehörten.

Aus diesem in einer Mulde zwischen den Bergrücken der Anden eingeschlossenen See entspringt der Río Santa Cruz, der die riesige patagonische Steppe durchfließt und schließlich in den Atlantik mündet. Vor Jahrtausenden verband hier eine Meerenge – wie heute die weiter südlich liegende Magellanstraße – den Pazifischen mit dem Atlantischen Ozean, deren Wassermassen die gigantischen Grassteppen und Hochebenen meißelten, die längs des Flusses wie gewaltige parallele Stufen bis zur hoch gelegenen Pampa ansteigen.

Der Anführer des Aufstands, ein Zureiter, der wegen seines Messers, das er stets im Gürtel trug, Facón Grande – Langes Messer – genannt wurde, hatte dank seiner Guerillataktik die drei Schwadronen der Zehnten Kavallerie erfolgreich zerstreut, obwohl er nur über eine geringe Anzahl Feuerwaffen verfügte. Er und seine Männer, hauptsächlich Viehtreiber und Zureiter, hatten Varelas Truppen vor allem mit Fangleinen, Lassos und Messern auf Distanz gehalten. Sie benutzten Furten, die nur ihnen und den Tehuelche-Indianern bekannt waren, um sich vor den Soldaten in Sicherheit zu bringen, denn aufgrund der starken Strömung war es unmöglich, den Fluss schwimmend zu überqueren.

»Sieht aus, als kriegten wir Regen!«, sagte ein baumlanger Zureiter.

Die Männer, die in seiner Nähe saßen, richteten den Blick zum sturmgrauen Himmel und starrten auf eine dichte Regenwolke, die sich wie ein großer schwarzer Stier einen Weg durch die anderen Wolken bahnte.

»Bloß ein Platzregen, der kommt nicht bis hierher«, sagte ein Männchen mit vor Kälte blau angelaufenem Gesicht und hellen wässrigen Augen, während er seinen weißen Segeltuchponcho fester um sich zog.

Der Zureiter wandte spöttisch lächelnd sein eckiges, wettergegerbtes Gesicht dem kleinen Mann zu, der so selbstsicher über das Schicksal einer Wolke entschied.

»So, er kommt also nicht bis hierher? Na, das werden wir ja sehen!«, meinte er.

»Ich wette, dass er nicht bis hierher kommt!«, beharrte der andere.

»Was wettest du?«

»Hier, vierzig Pesos«, antwortete der mit dem weißen Poncho, zog ein paar Scheine aus seinem Gurt und schob sie unter den Griff seiner Peitsche, die neben ihm im Gras lag.

Der Zureiter zog die gleiche Anzahl Scheine hervor und legte sie dazu.

In diesem Augenblick stand ein kräftiger, mittelgroßer, geschmeidiger, etwa vierzigjähriger Mann auf und trat in den grasbewachsenen Ring. Er trug die typische Kleidung der Pampabewohner: Sporen, Stiefel aus Fohlenleder, weite, über den kurzen Stiefelschäften gebauschte Hose, Lederwams, ein Tuch um den Hals geschlungen,

Guanakofellmütze mit Ohrenschützern gegen den Wind und hinten im Gürtel das lange, spitze Messer mit dem silbernen Griff samt Scheide.

Facón Grande steckte die zu Fäusten geballten Hände in die Hosentaschen, als klammere er sich an einen unsichtbaren Halt. Er richtete sich auf, stellte sich auf die Zehenspitzen und gewann dadurch leicht schwankend an Größe. Er starrte finster auf den Boden; ein heftiger Windstoß fegte über die Hochebene, und die Grannenbüschel des Bartgrases erwiderten mit ihrem stählernen Schimmer seinen Blick. Die neunhundert Männer verhielten sich abwartend, saßen still da, eine dunkle Masse, als wären auch sie bloß etwas höhere Torfhügel.

Mit einem Mal bewegten sich alle gleichzeitig, und der Kreis schloss sich enger um seine Achse.

»Also«, sagte der Mann, jetzt fest auf beiden Beinen stehend, »die Lage ist allen bekannt, es gibt nichts hinzuzufügen. Noch in dieser Nacht oder spätestens morgen früh wird die Zehnte Kavallerie die letzte Estanzia erreichen, die noch in unseren Händen ist. Der Verräter von Mata Negra hat ihnen zweifellos gesagt, welches der einzige Weg ist, der uns bleibt, um über die Payne-Kordillere zur Grenze zu gelangen. Die Estanzieros haben ihnen bestimmt neue Pferde zur Verfügung gestellt; unsere hingegen sind so gut wie zuschanden geritten und würden uns nicht mehr weit tragen. Man wird uns einkreisen, und wir fallen alle wie junge Guanakos. Wir haben nur eine Möglichkeit: ihnen vom Schurpferch der Estanzia aus Widerstand zu leisten, bis sich der Rest über die Payne-Kordillere in Sicherheit gebracht hat.«

Verhaltene Unruhe machte sich unter den Versammelten breit. Wer war mit »dem Rest« gemeint? Zählte sich Facón Grande, einer der Anführer des Aufstands am Rio Santa Cruz, etwa selbst zu denjenigen, die über die Payne-Kordillere flüchteten? Während andere im Schurpferch ihre letzte Patrone verschossen?

Ein Murmeln ging wie ein eisiger Windstoß durch den dunklen Kreis der Männer.

»Wir losen aus, wer bleibt«, sagte einer.

»Nein, auf keinen Fall!«, rief ein anderer.

»Das geht nur mit Freiwilligen!«, meldeten sich mehrere zu Wort.

»Könnte man wissen, wer mit diesem ›Rest‹ gemeint ist und wer zurückbleibt?«, fragte einer mit beißendem Spott.

Facón Grande stellte sich wieder auf die Zehenspitzen, was ihn größer erscheinen ließ, neigte sich vor, als kämpfe er gegen heftigen Wind an, und hob die Arme, wie um die Lüfte zu besänftigen oder die Zügel eines unsichtbaren Pferdes zu ergreifen. Das murmelnde menschliche Rad verstummte.

»Zurück bleiben alle jene, die den Aufstand angefangen haben und ihn auch zu Ende führen werden!«, sagte er mit dumpfer Stimme, die unter seinen Füßen oder zwischen den Torfhügeln hervorzuquellen schien. Auf den Zehenspitzen wippend, ließ er den Blick über die erste Reihe schweifen und fragte dann laut und deutlich: »Wie viele sind übrig geblieben von denen, die auf der anderen Seite des Rio Santa Cruz mit dabei waren?«

Ungefähr vierzig Hände erhoben sich über den neunhundert Köpfen: Das war die Antwort. Auch Facón Grande hatte die Hand mit den unsichtbaren Zügeln erhoben, die er nun ergriff, und es sah aus, als sei er im Begriff, den Fuß in den Steigbügel seines imaginären Pferdes zu setzen.

»Was hältst du davon?«, fragte das Männchen im weißen Segeltuchponcho und stieß mit dem Ellbogen den Zureiter an, der sich neben ihn gesetzt und als einer der Ersten die Hand gehoben hatte.

»Es blieb ihm nichts anderes übrig, Facón Grande hat genau das Richtige getan.«

»Nein, ich meine die Wolke«, sagte der andere und zeigte zum Himmel.

»Ach so«, brummte der Zureiter und blickte staunend ebenfalls zum Himmel.

Beide sahen, wie der schwarze Stier sich langsam auflöste und wie aus einer Gießkanne über der fernen Ebene niederging. Der Schauer aus dünnen, glitzernden Regenpfeilen kam immer näher, doch als er die Ausläufer der Meseta erreichte, war plötzlich nichts mehr von ihm übrig geblieben; die schwarze Gewitterwolke hatte ein helles Loch in den verhangenen Himmel gerissen, aus dem jetzt ein Blitz zuckte und aufleuchtend die regennasse Pampa streifte.

»Schön, zuzuschauen, wie es regnet, ohne dass man dabei nass wird«, bemerkte der Zureiter spöttisch.

»Ja, sehr schön«, antwortete der mit dem weißen Poncho ungerührt und beugte sich vor, um das gewonnene Geld einzustreichen.

Die Männer standen auf und zerstreuten sich zwischen den Torfhügeln, gingen zu ihren Pferden, die sie in der Talsenke zurückgelassen hatten. Aus dem Loch, das die schwarze Wolke am Himmel hinterlassen hatte, blies jetzt ein wütender Wind, und das nackte Ödland wirkte noch trostloser als sonst.

Niemand verabschiedete sich. Jene, die zur Payne-Kordillere aufbrachen, hielten finster den Kopf gesenkt, eher bedrückt als glücklich darüber, die rettenden blauen Berge zu erreichen. Die vierzig Mann von Facón Grande machten sich ebenfalls finster auf den Weg, um ihre Pflicht zu erfüllen.

Plötzlich löste sich aus der Menge der Flüchtenden ein Reiter und ritt in vollem Galopp an der Nachhut vorbei. Alle, sowohl auf der einen als auch auf der anderen Seite, blieben stehen und starrten auf den weißen Poncho, der wie ein letzter Abschied hell im Wind flatterte.

»Noch eine Wette?«, fragte der Zureiter spöttisch, als er den Reiter an seiner Seite anhalten sah.

»Nun, ich …«, entgegnete der im weißen Poncho zögernd.

»Was?«

»Ich überlasse dir das Geld, und du bleibst hier und deckst meinen Rückzug, falls …«

»Unsinn, du kannst es besser brauchen als ich«, entgegnete der Zureiter ärgerlich.

»Das kann nur ein Chilote sein!«, brummte einer der Männer ungehalten vor sich hin.

Das Gesicht mit den hellen wässrigen Augen verzog sich schmerzlich, als hätte ein heftiger Peitschenhieb es gestreift.

»Hier, nimm das Geld«, sagte der kleine Mann mit heiserer Stimme, »ich brauche es auch nicht.«

»Eine Wette ist eine Wette, mein Freund, nimm es und sieh zu, dass du deine Haut rettest!«, rief ein anderer.

»Was ist mit diesem Mann?«, fragte Facón Grande und zügelte sein Pferd.

»Es geht um Geld«, erklärte ihm der Zureiter. »Wir haben auf eine Wolke gewettet, und er hat gewonnen. Anscheinend will er mir das Geld zurückgeben. Als ob ich damit noch etwas anfangen könnte … Hat man schon so was gehört?«

»Ich bin nicht wegen des Geldes zurückgekommen«, sagte der andere, sich an den Anführer wendend. »Das mit dem Geld … ich habe es nicht so gemeint. Ich bin zurückgeritten, weil ich mit euch gegen die Zehnte kämpfen will.«

Die Männer, die zuerst so getan hatten, als ginge sie das alles nichts an, fuhren erstaunt herum.

»Aber du gehörst doch nicht zu denen von der anderen Seite des Rio Santa Cruz, oder?«, sagte Facón.

»Nein, als die Revolte ausbrach, war ich Melker auf der Estanzia Primavera. Ich habe mich den Aufständischen angeschlossen, und jetzt bin ich hier; ich möchte bis zum Schluss mit dabei sein, wenn ihr erlaubt.«

»Was meint ihr?«, fragte der Anführer seine Männer.

»Wenn er will, soll er bleiben«, antworteten mehrere feierlich.

Bevor sie in der Ferne verschwanden, wandten sich viele von denen, die zur Payne-Kordillere ritten, noch ein letztes Mal um: Der weiße Poncho, der den Zug der Männer beschloss, die die Flucht deckten, flatterte zum Abschied wie ein großes Taschentuch im Wind.

Als die Nacht hereinbrach, hatten sich die Männer im Schurpferch der Estanzia verschanzt. Sie hatten dicke Wollballen an die Ein- und Ausgänge gerollt, hatten dazwischen schmale Lücken frei gelassen, um mit ihren Waffen ein möglichst weites Schussfeld zu bestreichen. Von außen hingegen war es nahezu unmöglich, einen Treffer zwischen den undurchdringlichen Wällen aus gepresster Wolle anzubringen. Wachen wurden aufgestellt, sodass nachts alle der Reihe nach ein paar Stunden schlafen konnten.

»Ganz schön dumm, sich freiwillig zu melden«, sagte der Zureiter zu dem Mann im weißen Poncho, als sie ihre Schaffelle hinter den Wollballen, die ihnen als gemeinsame Brustwehr dienten, ausbreiteten.

»Ich habe mich auf die Sarabande eingelassen, also muss ich sie zu Ende tanzen«, antwortete sein Gefährte.

»Hat es dich vielleicht gepikt, als einer gesagt hat, das könne nur ein Chilote sein?«

»Natürlich hat es mich gepikt; aber ich bin nicht deswegen zurückgekommen. Ich will bei euch bleiben! Ich will den Kampf zu Ende tanzen, das ist alles. Aber da wir schon dabei sind, warum werden die Chiloten hierzulande so verachtet? Nur weil sie auf der Insel Chiloé geboren sind? Was ist schon dabei?«

»Nein, nicht deswegen, sondern weil sie sich so viel gefallen lassen, und wenn gestreikt werden soll, stellen sie sich bockig, obwohl sie hinterher als Erste die Scheffel hinhalten, um den Gewinn zu kassieren. Aber die Bemerkung über die Chiloten hat mich auch ein bisschen geärgert, weil ich nämlich auch auf Chiloé geboren bin.«

»Tatsächlich? Wo denn?«

»In Tenaún, ich heiße Gabriel Rivera.«

»Ich komme von Lemuy, Bernardo Otey, freut mich.«

»Von Lemuy? Was machst du denn in dieser Gegend? Die von Lemuy sind doch alle Robben- und Otterjäger!«

»Robben und Otter gibt es so gut wie keine mehr, die reißen sich die Gringos alle unter den Nagel. Selbst wenn man es auf dieser Seite des Golfs versucht, kommt einer nicht auf seine Rechnung, wenn er Frau und Kinder ernähren muss. Das ist der Grund, warum sich unsereiner hier umsieht.«

»Wie viele Kinder hast du?«

»Vier, zwei Jungs und zwei Mädchen. Nur ihretwegen stürzt man sich nicht kopfüber in den erstbesten Streik. Was wäre, wenn ich mit leeren Händen nach Hause käme? Manchmal bleibt man sogar das Geld für das Boot schuldig, das man sich von Verwandten oder Nachbarn geliehen hat! Man kann ja nicht herumlaufen und jedem mit seinen Sorgen in den Ohren liegen. Darum sind wir etwas vorsichtig, wenn es ums Streiken geht. Geht dir das nicht genauso? Hast du denn keine Familie, dort drüben in Tenaún?«

»Nein, ich habe keine Familie. Ich bin schon als Junge nach Patagonien gekommen. Ein Onkel, der Schafsche- rer war, hat mich mitgenommen. Als er starb, war ich auf mich allein gestellt. Ich erinnere mich immer noch da- ran, wie er mir mit seinem Patagonien den Kopf verdreht hat«, sagte der Zureiter nachdenklich. Er verschränkte die Hände im Nacken und fügte wehmütig hinzu: »Er spielte Gitarre und kannte jede Menge Lieder aus dieser Gegend. Ich weiß noch, wie er zu mir sagte: ›Drüben in Patago- nien, da lebt sichs gut, da isst man jeden Tag gebratenes Hammelfleisch und reitet auf Pferden, die so hoch sind wie Berge.‹ – ›Wo liegt denn Patagonien?‹, habe ich ihn eines Tages gefragt. ›Da drüben liegt Patagonien‹, antwor- tete er und zeigte mit dem ausgestreckten Arm auf den Horizont, wo ein intensiv blaues und rosafarbenes Stück Himmel leuchtete. Von da an war das für mich Patago- nien, und ich bin ihm nicht mehr von der Seite gewichen, bis er mich dorthin mitnahm. Als ich dann endlich hier war, Teufel noch mal, da waren die Pferde nicht so hoch wie Berge, und das Stück Himmel leuchtete immer noch am Horizont, nur viel weiter entfernt!«

»Ich habe als Schurgehilfe gearbeitet«, fuhr der Zureiter fort, »als Knecht und als Meldereiter. Weil mir die Arbeit mit den Pferden gefiel, bin ich schließlich Zureiter geworden. Ich habe damit gutes Geld verdient, bin ein ziemlich ungebundener Mensch … doch abgesehen von den Mädchen, zu denen man in Rio Gallegos oder Santa Cruz ab und zu geht, weiß man eben nicht, was eine Frau einem bedeutet … und ein Kind erst recht nicht. Was nützt also das Geld, wenn man kein gottgewolltes Leben führt? Da verwandelt sich einem das Herz in einen Torfklumpen voller Wurzelwerk, das so verwickelt und verwachsen und schwarz ist, dass kein grüner Halm daraus gedeiht. Vielleicht hängt man deswegen nicht sehr am Leben und setzt es aufs Spiel, als sei es nichts wert. Egal, ob man von einem Felsen erschlagen wird oder hier draufgeht. Du hingegen solltest besser dein Pferd nehmen und machen, dass du über die Grenze kommst, schließlich warten in Lemuy Frau und Kinder auf dich.«

»Nein, dafür ist es jetzt zu spät! Soll ich dir etwas sagen? Ich habe mich geschämt, dass keiner von den andern hiergeblieben ist.«

»Viele wollten bleiben, aber Facón hat sie zur Flucht überredet. Je weniger von uns fallen, desto besser, hat er gesagt, und ich stimme ihm zu. Verdammt, wir hätten es denen von der Zehnten Kavallerie und allen anderen gezeigt, wäre dieser verräterische Hund von Mata Negra nicht gewesen!«

»Wie hat eigentlich alles angefangen?«

»Hm, wer weiß das schon so genau. Angezündet wurde die Lunte im Gasthaus von Huaraique am Rio Pelque.

Die Soldaten hatten unsere Kameraden aus dem Hinterhalt angegriffen und alle samt und sonders umgebracht. Da haben wir natürlich einen dicken Hals gekriegt, und alle, Feldarbeiter, Viehtreiber, Zureiter, Vormänner und auch ein paar Schafhirten, die gut zu Pferd waren, haben mit Facón Grande den Kampf aufgenommen. Wir hätten auch gewonnen, wäre dieser Verräter von Mata Negra nicht gewesen, dieser Dreckskerl; er hat einfach die Seite gewechselt und sich den Estanzieros angedient.«

»Das alles ist im Großen und Ganzen bekannt«, sagte Otey mit gedämpfter Stimme aus dem Schatten, »ich frage mich bloß, warum zum Teufel man die Dinge nicht regelt, bevor es zu Schießereien kommt, denn hinterher regelt keiner mehr was.«

»Was weiß ich … na ja, manche meinen, es liege an der Krise, die der Krieg in Europa drüben nach sich gezogen hat. Die Estanzieros haben durch den Krieg zwar viel Geld verdient, haben aber alles verschleudert, und jetzt, wo schlechte Zeiten herrschen, sollen wir die Rechnung bezahlen. Das alles nur, weil wir einen Forderungskatalog aufgestellt haben, in dem wir hundert Pesos monatlich für die Knechte und hundertzwanzig für die Schafhirten verlangt haben. Ich selbst habe am Ausstand nicht einmal teilgenommen, weil das Zureiten der Fohlen von Fall zu Fall ausgehandelt wird. Außerdem wurden noch Kerzen und Matetee für die Vorarbeiter gefordert, Matratzen anstelle der Schaffelle auf den Pritschen und dass man uns für unterwegs nicht nur ein einziges Pferd zugestand. Aber das war offenbar nicht der einzige Grund. Am Coyle sind Kameraden erschossen worden, die seit Jahren keinen Lohn mehr erhalten hatten; sie hatten ihren Verdienst aus der Guanakojagd zurückgelegt, das Geld hat natürlich der Verwalter eingesackt. Andere wurden mit ungedeckten Schecks bezahlt und irrten in den Städten herum. Oberst Varela wusste genau, worum es ging, zuerst war er ja auch auf unserer Seite; aber die Großgrundbesitzer gelangten an die Regierung, und die Zeitungen stürzten sich wie Geier auf ihn und bezichtigten ihn der Unfähigkeit und sogar der Feigheit. Da geriet der Mann in Wut und bat um freie Hand, um den Aufstand niederzuschlagen. Man hat sie ihm gegeben. Er kehrte nach Patagonien zurück, ja, und dann begann das Blutbad«, sagte der Zureiter und schloss seine Version des Streiks.

Im ersten Licht des heraufziehenden Tages wurde etwas Dörrfleisch ausgegeben, die Männer gingen in Schichten zum Maschinenhaus, wo in einem Kessel das Wasser für den Matetee aufgesetzt worden war. Auf der Ballenpresse saß ein Vorarbeiter, der den Horizont absuchte und halblaut eine alte, *vidalita* genannte Ballade vor sich hin summte.

Über ein Jahr war ich weg, vidalita,
war ich nicht mehr im Land.
Und heute,
als ich dich wiedersah, vidalita,
war ich dir nicht mehr gut genug.
Und das, vidalita,
ist für mich der schwerste Schicksalsschlag.

Das Lied wurde plötzlich von einer Stimme von der anderen Seite des Dachs unterbrochen: Ein Mann schlug Alarm und meldete das Vorrücken des Zehnten Kavallerieregiments in Richtung der Estanzia.

Alle rannten auf ihre Posten, während in einiger Entfernung zwei Kavallerieschwadronen, jede etwa hundert Mann stark, absaßen und in Stellung gingen.

Der Morgen war kaum angebrochen, da fielen auf beiden Seiten die ersten Schüsse. Ein ratterndes Maschinengewehr schoss die Fensterscheiben in Brüche, und die Truppen begannen vom offenen Feld her, den Hangar eng und enger einzukreisen.

Der Vorarbeiter wirbelte mit einem gezielten Schuss den vordersten Kavalleriesoldaten durch die Luft, und während er den nächsten ins Visier nahm, stimmte er den bekannten Refrain an, mit dem man beim *Truco*-Spiel seine Karten auf den Tisch klatscht:

Aus diesem Stall
kommt der Erlöser,
oh, Sohn der Zwei,
oh, Sohn der Acht,
hier, sieh dir an,
was mein Königsblatt dir macht!

Der Schusswechsel dauerte mehr oder weniger unverändert den ganzen Vormittag an, mit Maschinengewehrsalven, Schüssen und gespannter Stille dazwischen. Mehrere Soldaten waren schon gefallen, ohne dass eine einzige Kugel durch die schmalen Lücken zwischen den dicken Wollballen gedrungen wäre, hinter denen die Arbeiter in Stellung gegangen waren, nachdem sie die großen Tore des Hangars geschlossen hatten, eines riesigen T-förmigen Gebäudes aus Holz und Blech, das nur von Koppeln umgeben war, von Spritzvorrichtungen und Trockengestellen für die gewaschenen Schafe.

Beide Seiten stellten schnell fest, dass der Feind schwer zu schlagen war. Die einen hinter ihren Wollballen im Schurpferch verschanzt, die anderen erfahrene Soldaten, die gelernt hatten, das Gelände zu nutzen, und langsam, aber unaufhaltsam vorrückten. Ihr Ziel waren die Holzzäune der Koppeln, die ihnen bessere Deckung boten. Die drinnen aber errieten ihre Absicht und ließen jeden teuer bezahlen, der über das offene Feld vorstürmte, um die schützende Schranke zu erreichen: Er wirbelte, von einer Kugel getroffen, um sich selbst, und seine Kühnheit diente den anderen zur Warnung.

Facón Grande hatte Befehl gegeben, erst zu schießen, wenn man ganz sicher war zu treffen, um Munition zu sparen, dem Feind größtmögliche Verluste beizubringen und so lange wie möglich Widerstand zu leisten, damit die Flüchtenden Zeit hatten, die Payne-Kordillere zu erreichen, wo sie in Sicherheit waren.

Eine weitere Nacht zog mit ihren düsteren Schattenballen herauf und legte sich zwischen die gegnerischen Seiten. Beide nutzten sie, um wachsam Atem zu schöpfen; im Morgengrauen nahmen sie ihr verbissenes Duell wieder auf.

An diesem zweiten Tag geschah jedoch etwas Ungewöhnliches: Ein Soldat, der der nervlichen Anspannung nicht gewachsen war, drehte durch und stürmte ganz allein mit eingelegtem Bajonett nach vorn. Die Männer im Pferch erschossen ihn aber nicht, sondern öffneten sonderbarerweise das große Tor und ließen ihn herein; hinterher warfen sie seine Leiche aus dem Fenster, damit keiner auf den Gedanken käme, es ihm gleichzutun.

Diese Taktik war für Oberst Varela jedoch ein Indiz

dafür, dass den Belagerten die Munition knapp wurde – wenn sie ihnen nicht schon ausgegangen war. Er hatte gewusst, dass es so weit kommen würde, und wartete begierig auf den Moment, um das Signal zum Angriff zu geben und den zähen Kampf zu beenden, in dem bereits fast ein Drittel seiner Männer gefallen war.

Ein Hornsignal ertönte – es klang wie das markerschütternde Wiehern eines Pferdes – und gab das Zeichen zum endgültigen Sturm. Maschinengewehrsalven deckten den Sturmangriff. Die Männer im Pferch hatten keine einzige Patrone mehr und kämpften mit ihren blanken Messern. Ein heldenhafter Kampf, Mann gegen Mann, entbrannte, der durch den Tod des Anführers Facón Grande beendet wurde. Ungefähr zwanzig seiner Leute waren noch am Leben; während des langen Scharmützels waren nur wenige gefallen, die meisten waren erst beim letzten Gefecht zu Tode gekommen.

Noch am selben Nachmittag wurden die Übriggebliebenen auf dem Zementboden der Trockenkoppel erschossen. Sie wurden in Fünfergruppen dorthin gebracht; Varela persönlich gab den Befehl, nicht mehr als eine Kugel auf jeden Gefangenen abzufeuern, denn auch seine Munition war fast aufgebraucht.

Gabriel Rivera, der Vorreiter, und Bernardo Otey waren die Letzten, die mit drei anderen Vorarbeitern vor das Erschießungskommando gebracht wurden.

Es war später Nachmittag, doch der verhangene Himmel hatte den Tag in eine endlose, eisige, aschgraue Morgendämmerung verwandelt. Als sie zum Gatter geführt wurden, sahen sie den Leichenberg ihrer Kameraden, die anschließend mit Kerosin übergossen und verbrannt würden: Das beste Grab, das Varela seinen

Opfern zubilligte – wenn er sie nicht einfach den Füchsen und Geiern zum Fraß überließ. Die Leiche von Facón Grande lag deutlich erkennbar zuoberst, weil Varela ihn mit eigenen Augen brennen sehen wollte, war er doch der einzige Rädelsführer gewesen, der ihn mitsamt seinem Regiment aufgerieben hätte, wäre der Verräter von Mata Negra nicht gewesen.

Beißende Kälte kündete Schnee an. Als die fünf Letzten in einer Reihe vor dem Erschießungskommando aufgestellt worden waren, ging ein Feldwebel von einem zum andern und heftete jedem ein rundes Stück weißer Pappe an die Stelle, wo das Herz war, damit seine Soldaten das Ziel nicht verfehlten. Danach trat er zurück, zog seinen Säbel aus der Scheide, stand stramm, hob ihn auf Kopfhöhe ... doch genau in dem Moment, als er ihn senken und den Befehl »Feuer« geben wollte, riss Bernardo Otey sich das Stück weißer Pappe von der Brust, schleuderte es zu Boden und rief den Soldaten zu: »Lernt erst mal schießen, ihr Scheißkerle!«

Kurze Verwirrung machte sich unter der Truppe breit, doch dann richteten sich fünf Gewehrläufe auf einen einzigen Körper, und Bernardo Otey brach zusammen, von fünf Kugeln getroffen, die wie ein einziger Schuss widerhallten.

Die vier Männer nutzten das kurze Durcheinander und liefen um ihr Leben, während die Soldaten ihre Gewehre nachluden.

»Ihnen nach!«, schrie der Feldwebel, als er sah, dass drei von ihnen auf die Piste zueilten; der vierte jedoch, der Zureiter, setzte mit einem Satz über einen Drahtzaun, landete rittlings auf einem Pferd und galoppierte, sich an dessen Hals klammernd, davon.

Der Feldwebel schoss ein paar Mal mit seinem Revolver hinter ihm her, doch dann nahm er einem seiner Soldaten das Gewehr aus der Hand, kniete nieder und feuerte hinter Ross und Reiter her, bis eine Bodensenke sie verschluckte.

Die drei anderen, die zu Fuß geflohen waren, wurden auf der Wegspur endgültig von den Kugeln eingeholt.

Die Asche des endlosen Morgengrauens verdichtete sich zu Schnee, der sich über die Pampa legte und den Fliehenden unter seinen dichten Flügeln verbarg.

Als es tiefe Nacht war, gönnte der Zureiter Rivera seinem Pferd eine Verschnaufpause. Er stieg ab, und beide, Pferd und Reiter, gingen in der Dunkelheit ein kurzes Stück nebeneinander durch das Schneegestöber. Dank des zarten Schimmers der fallenden Flocken öffnete sogar die Finsternis ihr Herz etwas. Sein Herz jedoch atmete in der schützenden Dunkelheit um ihn herum erleichtert auf, und er erinnerte sich an eine alte indianische Weisheit: Der Adler der Pampa muss gejagt werden, bevor er einen Schrei ausstoßen kann, denn sonst kommt der Sturm ihm zu Hilfe.

Kaum war ihm dieser Gedanke durch den Kopf gegangen, saß er wieder auf und galoppierte weiter. In der strahlenden Morgenröte, die auf einen nächtlichen Schneesturm folgt, erreichte der Zureiter die übrigen Aufständischen, die heil und in Sicherheit an einem der bewaldeten Hänge der Payne-Kordillere rasteten, um frische Kräfte zu sammeln. Bei ihnen angekommen, blieb das Pferd von allein stehen, und das Menschenrad versammelte sich wie im Torfmoor eng um seine Achse, den Zureiter. Das Pferd stand mit gespreizten Beinen da, und als ein Blutfaden aus den Nüstern über seine Lefzen rann, zuckte das Tier zusammen und begann am ganzen Leib zu zittern.

Als guter Zureiter wusste Rivera, dass ein zuschanden gerittenes Pferd zwar weder auf Sporen noch Peitsche reagiert, aber auch nicht stürzt, solange es den Reiter auf seinem Rücken spürt. Daher fasste er sich kurz; als er mit seinem Bericht geendet hatte, stieg er ab, und das tapfere Pferd brach zusammen.

Ganz Patagonien lag wie unter einem weißen Poncho, der sich an den Hängen der Payne-Kordillere bis zu den höchsten Gipfeln hinaufzog, die wie drei mächtige Finger finster gen Himmel zeigten.

Und so blieb der Tod des Chiloten Otey in der Erinnerung der Menschen.

Fünf Matrosen und
ein grüner Sarg

An einem der ersten Wintertage legte im Hafen von Punta Arenas ein Schiff mit so wenig Ballast an, dass seine Schraube zur Hälfte aus dem Wasser ragte. Der bleifarbene, von Wind und Wetter und von hastigen Außenanstrichen auf hoher See schon etwas abgeblätterte Rumpf war mit großen Flecken hellroter Mennige gesprenkelt, die wie Wunden aussahen, deren Blut noch nicht ganz gestillt ist.

Auf ihren langen Fahrten durchqueren diese Vagabunden der Meere in der Regel die Magellanstraße ohne Zwischenhalte, und wenn sie einmal in einem Hafen anlegen, dann nur, weil ein Defekt an den Maschinen oder sonst eine Havarie behoben werden muss.

Dieses nun bat die Hafenmeisterei, ankern zu dürfen, doch gleichzeitig mit der Signalfahne hisste es am Fockmast eine große Flagge aus schwarzem und gelbem Tuch, was so viel bedeutet wie »Toter an Bord«.

Und tatsächlich, nachdem das Boot der Hafenbehörde abgelegt hatte, wurde eine Schaluppe zu Wasser gelassen und fuhr, mit vier Ruderern und einem Steuermann besetzt, unter sich biegenden Riemen zur Mole.

Das Boot legte in der Nähe der Hafenpromenade an, die jetzt, da Ebbe war, ziemlich hoch über dem Meeresspiegel lag.

Zwei Mann der Besatzung kletterten behände an den Pfosten zur Plattform hinauf, und die andern warfen ihnen die Enden zweier Taue zu, die sie vorsichtig einzuziehen begannen und dabei aus dem Innern der Schaluppe – als zögen sie etwas vom Grund des Meeres herauf – eine seltsame, grün gestrichene Kiste nach oben beförderten, die, obgleich nur roh zusammengezimmert, die unverwechselbare Form eines Sarges hatte.

Sie wurde behutsam am Rand der Mole abgestellt, und nachdem die drei im Boot die Schaluppe vertäut hatten, gingen auch sie an Land. Man löste die Taue vom Sarg, vier der Männer hoben ihn auf die Schultern, während der fünfte den kleinen Leichenzug anführte, der sich in Richtung des Ortsausgangs in Bewegung setzte. Die Straßen waren verschneit; die Seeleute mussten vorsichtig gehen, ihre Schritte waren unsicher, und der Sarg schwankte auf ihren Schultern. Wegen seiner grünen Farbe sah es aus, als ob die Matrosen ein Stück Meer auf ihren Schultern trügen.

Am Ende der Mole fragten sie einen Wachmann nach dem Weg zum Friedhof, dann schritten sie mit ihrer schwankenden Last auf den Schultern in die angegebene Richtung. Es war um die Mittagszeit; in den verlassenen weißen Straßen begegneten sie höchstens vereinzelten Passanten, die es eilig hatten, zu ihrem Mittagessen zu kommen, aber wiederum auch nicht so eilig, als dass sie bei der Begegnung mit dem Tod nicht respektvoll den Hut gezogen hätten, immer wieder zurückschauten und schließlich stehen blieben, um dem merkwürdigen Leichenzug aus fünf Matrosen mit einem grünen Sarg auf den Schultern nachzublicken.

Als sie um eine Ecke bogen, trafen sie auf einen kleinen,

gedrungenen Kerl mit platt gedrückter Nase, der die Mütze von seinem dicken Kopf nahm und in einer merkwürdigen Haltung hinter dem Sarg herlief, den Blick gesenkt und mit übertriebener Leidensmiene, ganz wie ein trauernder Angehöriger. Es war Mike, der schwachsinnige Sohn des Bäckers, der die Angewohnheit hatte, mit dem Ausdruck leidvollsten Schmerzes hinter jedem Leichenzug herzugehen, der ihm begegnete. An dieser Beerdigung schien ihm aber etwas nicht ganz geheuer zu sein, denn nach wenigen Schritten stülpte er sich die Mütze über die Ohren, ließ den Trauerzug seines Weges ziehen und nahm sein zielloses Umherstreunen wieder auf.

Als sie die Vorstadt erreichten, wehte den Sargträgern heftiges Schneegestöber entgegen, und sie mussten häufiger die Schultern wechseln, um abwechslungsweise im Windschatten des Sarges das Gesicht vor dem peitschenden Sturm zu schützen. Einer ging jeweils als sich stets erneuernde Eskorte hinterher und ruhte sich aus.

Bei einer Ablösung übergab ein schon etwas angegrauter Seemann den Sarg, worauf er erschöpft stehen blieb, um sich mit einem Taschentuch die Nässe vom Gesicht zu wischen, die nicht allein vom Schneetreiben herrührte, sondern auch vom Schweiß, der ihm von der Stirn perlte. Es war Foster, der beste Freund von Martín, dem Lampenwärter an Bord, den sie jetzt zu Grabe trugen. Sie hatten auf der *Gastelu* die Kajüte miteinander geteilt, und wer weiß, warum er jetzt so schwitzte … Vielleicht lastete der Sarg auf seinen Schultern schwerer als auf denen der anderen Kameraden des Lampenwärters.

Plötzlich fiel sein Blick auf ein Schild über der Tür eines Hauses, auf dem mit blauen und roten Buchstaben »Bar Hamburgo« geschrieben stand. Nach einem furchtsamen Blick auf seine Kameraden, die stapfend gegen den Schneesturm ankämpften und nicht bemerkt hatten, dass er stehen geblieben war, schaute er noch einmal auf das Schild und verdrückte sich schleunigst in die Bar.

Er bestellte an der Theke einen doppelten Gin, den er in einem Zug hinunterkippte, wischte sich dann mit dem Handrücken die Lippen ab und fuhr genüsslich mit der Zunge über die Enden seines Schnurrbarts. Danach fühlte er sich ein wenig erleichtert, doch nicht, weil der Sarg schwerer auf ihm gelastet hätte als auf seinen Gefährten, sondern weil es sich um den seines Kajütengenossen Martín handelte. Dessen letzter Blick hatte ihm gegolten und eine Gewissenslast auf ihn und seine von Habgier schwere Seele gelegt, von der er sich noch nicht hatte befreien können.

Er war es gewesen, der vorgeschlagen hatte, Martín an Land zu beerdigen anstatt auf hoher See, weil er sich vor dem alten Aberglauben der Seeleute fürchtete, demzufolge die auf dem Meer Bestatteten dorthin zurückzukehren pflegen, wo sie gelebt haben, und sich nicht selten an jenen rächen, von denen ihnen Unrecht widerfuhr. Wenn es sich um ein Verbrechen oder ähnlich Schlimmes handelte, nahm die Rache der Legende zufolge dergestalt ihren Lauf, dass sich die Seele des Opfers in der des Mörders einnistete und diesen krank machte, bis er schließlich starb. Aberglauben! Hirngespinste! Doch manchmal so unabweislich wie die Elmsfeuer, die sich am Mastkorb und an den Rahen entzünden, kurz bevor ein Schiff im Sturm untergeht.

Noch bevor sie Kap Froward, den letzten Festlandfelsen des südamerikanischen Kontinents, passierten, hatte er, Foster, sich darangemacht, mit Hammer und Säge die grobe Tannenholzkiste zu zimmern. Die strichen sie dann mit grüner Farbe an, da keine andere Farbe an Bord war außer dem schwarzen Holzteer, den sie unmöglich verwenden konnten, weil er zu lange zum Trocknen braucht. Er hatte sich beeilt und den Steuermann bedrängt, Martíns Leichnam nicht im Meer zu versenken, sondern ihn zu seiner letzten Ruhe unter die Erde zu betten, damit er hoffentlich auch ihn in Ruhe ließe. Denn solange Martín noch über der Erde war oder durch die Tiefen des Meeres trieb, würde er sich der Last, die der Lampenwärter mit seinem letzten Blick auf sein Gewissen gelegt hatte, trotz all des Gins, den er in seinem Leben zu trinken vermochte, nicht entledigen können.

Plötzlich stürzten seine vier Kameraden lärmend in die Bar und unterbrachen seine Gedanken. Als sie bemerkt hatten, dass er ihnen nicht mehr folgte, hatten sie ein Weilchen auf ihn gewartet, doch da einer von ihnen als durstiger Matrose den blau-roten Schriftzug der »Bar Hamburgo« ebenfalls gesehen hatte, zweifelten sie keine Sekunde mehr daran, dass der Alte schnurstracks hineinmarschiert war, um heimlich ein paar Gläschen zu kippen. Sie stellten den Sarg am Stadtrand in einen Graben zwischen Gehsteig und Straße, damit ihr taktvoller Rückzug nicht so auffiel, dann stürzten alle vier hinter dem Schurken her, der abgehauen war, um sich still und heimlich einen zu genehmigen.

Foster empfing sie etwas überrascht, machte dann aber gute Miene zum bösen Spiel und bestellte eine Runde für alle, und – was mehr als ungewöhnlich war, galt er doch als alter Geizhals – gleich noch eine zweite hinterher und ließ es sich nicht nehmen, beide auch gleich zu bezahlen.

»Hast du Martín beerbt, dass du so spendabel bist?«, fragte ein verschlagen dreinschauender Rotschopf lachend.

»Haben wir dich erwischt, alter Gauner! Ich wette, du hast dir Martíns Geld aus dem Versteck geholt, das nur ihr zwei kanntet!«

Foster fuhr wieder mit dem Taschentuch über die Stirn und lächelte gequält, während er das Glas an die Lippen hob und die anderen so aufforderte, es ihm gleichzutun.

»Wolltest hier alles allein versaufen, was, Alter?«, sagte ein anderer.

»Quatsch, ich hab immer allein getrunken und immer mit meinem eigenen Geld bezahlt!«

»Na, dann her mit einer Flasche!«, rief der Rothaarige. »Der alte Foster bezahlt!«

Der Wirt entkorkte einen tönernen Krug und stellte ihn auf die Theke. Die Matrosen traten näher und lasen auf dem Etikett: *Die blasse Bernsteinfarbe bezeugt sein Alter,* dann setzten sie sich hin und schenkten ein.

Draußen hatte sich das Gestöber in dichten Schneefall verwandelt; die eisigen Schwingen des Schnees legten sich wie ein Geschenk der Ewigkeit auf den verlassenen Sarg, um dem armen Martín Gesellschaft zu leisten.

Kommt Grün auf Grün
und kommt das Rote auf Rot,
dann ist nichts verloren,
jeder über den richtigen Kurs gebot …

Sie stimmten alle in das Lied ein, mit dem der Lampenwärter Martín jeweils die Position der Lichter meldete, wenn sich zwei Schiffe auf hoher See begegneten; ein Liedchen, das alle Lampenwärter oder Steuerleute singen, um sich des Kurses zu vergewissern.

Mittlerweile waren in der Bar die Lichter angegangen, denn draußen war die Nacht hereingebrochen, ohne dass die Seeleute es bemerkt hatten. Matrosen und Fischer tranken lärmend, und der dichte Qualm ihrer Pfeifen und Virginias verdüsterte die Bar wie eine Gewitterwolke. Ab und zu steckte jemand eine Nickelmünze in den Schlitz des an der Wand angeschraubten Musikautomaten, worauf die Takte eines alten Marsches, einer Polka oder eines Walzers durch die Luft hüpften, begleitet von schmetternden Pauken und Trompeten.

Einer der Matrosen schaute durch das Fenster in die Nacht hinaus und betrachtete melancholisch die schäkernden Schneeflocken auf den Scheiben, die wie ein Schwarm Schmetterlinge das Glas zu durchdringen und ans Licht zu gelangen suchten, um dann als dicke Tränen hinabzurinnen und lange Kratzspuren auf den beschlagenen Fensterscheiben zu hinterlassen. Die Musik, und an den Fenstern die im flatternden Rhythmus ihrer geflügelten Füße tanzenden Schneeflocken ... Wer weiß, vielleicht waren sie es, die in einem Matrosen einen bohrenden Gedanken weckten, denn er erhob sich, um sich flüsternd mit einem Gast zu unterhalten. Danach blieb er eine Weile nachdenklich an den Tresen gelehnt stehen und betrachtete seine Kameraden: Der alte Foster war eingenickt, die anderen drei tranken in langsamen Zügen, denn sie waren bereits ziemlich betrunken. Er stieß einen leisen Pfiff aus, den nur der Rothaarige hörte, der daraufhin ebenfalls an den Tresen trat.

»Wollen wir woanders hingehen?«, schlug er vor.

»*All right!*«, antwortete der Rothaarige und schnalzte mit der Zunge. Fügte dann zögernd hinzu: »Und Martín?«

»Den sollen die anderen begraben, wenn sie nüchtern sind«, entgegnete der Erste mit einer verächtlichen Handbewegung.

Sie gingen leise hinaus, und gleich darauf waren sie von der Nacht verschluckt. Ihre Kameraden bemerkten ihre Abwesenheit erst viel später, denn sie waren stockbetrunken und wussten weder, wie spät es war, noch wo sie sich eigentlich befanden.

»Gehen wir … Martín … beerdigen«, lallte einer der drei.

»Wenn die anderen zurückkommen«, wiegelte der Zweite ab.

Foster schnarchte vor sich hin, wachte zwischendurch auf, streckte die Hand aus und führte unsicher das Glas an seine schlaffen Lippen, die sich durch die Berührung des brennenden Alkohols für einige Augenblicke belebten.

»Der arme Martín«, seufzte einer.

»Der Ärmste«, lallte der andere.

»Weißt du noch, wie er in Tocopilla für alle einen ausgegeben hat?«

»Klar erinnere ich mich, er hat uns immer großzügig freigehalten.«

»Wenn er Mundharmonika spielte, klang es jedenfalls besser als dieses verdammte Gedudel.«

Einen Moment lang sahen die Betrunkenen im Geist den Lampenwärter der *Gastelu,* den besten Kameraden an Bord, wie er sie mit seiner Mundharmonika unterhielt oder wie er – ein unvergesslicher Moment – ohne einen Centavo in der Tasche in einer Hafenspelunke mit einem seiner Kameraden zu tanzen begann: Dabei spielte er Mundharmonika und begleitete sich selbst mit einem Schlagzeug aus Löffeln, die er zwischen die Finger klemmte, trommelte sich damit im Takt auf Kopf, Stirn oder Brust und führte unter dem Applaus der übrigen Gäste einen komischen Tanz auf. Anschließend grüßte Martín in die Runde und war bald an allen Tischen zum Trinken eingeladen, doch ohne seine Kameraden nahm er natürlich keine Einladung an …

»Erinnerst du dich, als die ›Maria Christina‹ unterging?«

»Als er seine Schwimmweste auszog und sie Foster gab?«

»Damit dieser sich retten konnte …«

»Der Alte hätte es kaum geschafft, ohne Schwimmweste an Land zu kommen.«

»Und jetzt sitzt der alte Sack da und schnarcht und begräbt den nicht einmal, der ihm das Leben gerettet hat.«

»Wir auch nicht.«

»Und auch die zwei Verräter nicht, die sich verdrückt haben und immer noch nicht zurück sind.«

»Und auch sonst keiner, hick, die Welt ist schlecht, kaum kehrt man den Rücken, hick, ist man auch schon vergessen«, greinte der Betrunkenere von beiden, während ihm dicke Tränen übers Gesicht liefen; und er fügte zwischen Schluckauf und Weinseligkeit hinzu: »Armer Martín, kommt Grün auf Grün, und kommt Rot auf Rot, hick, dann ist nichts verloren, jeder über den richtigen Kurs gebot …«

Eine Schiffssirene zerriss mit ihrem flehenden, in regelmäßigen Abständen ertönenden Geheul die Nacht, übertönte den Lärm und die Musik in der Bar. Es war ein

Heulen, das wie eine menschliche Stimme aus der Unendlichkeit klang, eine jaulende, durch Mark und Bein gehende Stimme. Es war das Signal der *Gastelu,* die ihre in pietätvoller Mission an Land gegangene Besatzung rief.

»He! Matrosen, ein Schiff ruft seit einer halben Stunde nach seinen Leuten!«, rief der Wirt und rüttelte die zwei an den Schultern, die schlafend halb auf dem Tisch lagen, wo am Nachmittag noch fünf gesessen hatten.

Er bekam sie kaum wach. Zum Glück schaffte er es in dem Moment, als die Sirene ihr jammerndes, lang gezogenes Klagen wieder aufnahm, um die Besatzung zum Auslaufen zu rufen, bevor die Flut ihnen den Weg aus der Meerenge versperrte.

Die zwei Matrosen rieben sich die Augen und erkannten im an- und abschwellenden Geheul den Ruf der *Gastelu.*

»Das ist ja unser Schiff!«

»Das letzte Signal«, stieß der andere hervor.

»Und unsere Kameraden?«, fragte der Erste, vom Schlaf etwas ernüchtert.

»Die sind schon vor ein paar Stunden gegangen, wollten sich wohl anderswo vergnügen«, antwortete der Wirt.

»Foster auch?«

»Wer ist Foster?«

»Die beiden sind bestimmt Weiber suchen gegangen, aber der alte Foster sollte doch noch hier sein.«

»Ach so! Der Alte, ja, der war die ganze Zeit bei euch am Tisch, aber er ist vor einer Weile verschwunden. Wer weiß – je oller, je doller, heißt es ja.«

Wieder ließ das Horn der *Gastelu* seinen an- und abschwellenden Ruf nach den in der Stadt untergegangenen Matrosen ertönen, und die beiden letzten Gäste der »Bar

Hamburgo« setzten eilig ihre Mütze auf und stürzten ins Freie. Draußen umgab sie tiefschwarze Nacht; doch die eisigen Tentakel, die sich ihnen aus der Finsternis entgegenstreckten, schlugen ihnen ins Gesicht und wischten den Rausch weg.

»Und Martín?«, fragte der eine, sich plötzlich an den stehen gelassenen Sarg erinnernd.

»Wir haben ihn ja nicht begraben!«, rief der andere aus, gleichsam als Echo seiner lallenden Litanei von vorhin.

»Kein Wort, verstanden? Wir werden uns schon etwas einfallen lassen, wenn die anderen fragen.«

»Wenn man ihn morgen findet, wird ihn schon jemand begraben.«

Und wie zwei Schatten, die noch dichter waren als die Nacht, verschwanden sie in Richtung Mole.

Doch am nächsten Tag fand in der Hafenstadt niemand einen Sarg, weil es die ganze Nacht geschneit und sich eine meterdicke Schneedecke über alles gelegt hatte. Und der Schnee fiel weiter, langsam, aber so dicht, dass kein Mensch auf den Gedanken gekommen wäre, in den Straßengräben nach Särgen zu suchen. Weder an jenem noch an einem der nächsten Tage, als die Schneedecke zu Eis erstarrte.

Es war, als sei der Lampenwärter Martín nach seinem Tod wieder zum Meer zurückgekehrt, wie die armen Seelen der Ertrunkenen, die der Kielspur ihres einstigen Schiffes oder den Spuren der Menschen folgen, die sie im Leben oder in der Todesstunde gepeinigt haben.

Als Don Erico, der Wirt der »Bar Hamburgo«, am späten Vormittag des nächsten Tages sein Lokal aufräumte, war er nicht schlecht erstaunt, hinter ein paar Fässern, die neben der Toilette in einem kleinen Raum standen, der als Weinkeller diente, einen älteren, schon etwas angegrauten Seemann vorzufinden, der seinen Rausch ausschlief.

»He, was machst du hier?«, fragte er und weckte ihn mit der Fußspitze auf.

»Ich? Ich bin von der *Gastelu*«, brummte Foster, während er sich augenreibend auf die Beine rappelte, ohne sich zu erinnern, wo er sich überhaupt befand.

»Vom Schiff, das die ganze Nacht seine Leute gerufen hat?«

»Ja, ich glaube … Sind die schon weg? Meine Kameraden? Haben mich einfach hier zurückgelassen?«, fragte er stammelnd.

»Jetzt erinnere ich mich, sie haben nach einem gewissen Foster gefragt. Bist du das vielleicht?«

»Ja, ich bin Foster.«

»Und ich habe ihnen gesagt, du seist bestimmt mit den anderen weggegangen, hinter den Weibern her!«, platzte Don Erico herzlos lachend heraus.

»Und das Schiff?«

»Ist bestimmt längst ausgelaufen. Auf hoher See wirft niemand Anker!«

»Bitte, gebt mir einen Gin!«, flüsterte Foster tonlos und wühlte in seinen Taschen nach Geld.

Sie gingen zum Tresen, wo Don Erico ihm einen großen Gin einschenkte.

»Ich war auch einmal Seemann«, sagte er. »Bin viele Jahre für die Hapag gefahren; mehr als einmal hat mich ein Schiff sitzen lassen, sodass ich auf einem anderen anheuern musste.«

Nach einem tüchtigen Schluck Gin hörten Fosters Zähne auf zu klappern; er wärmte sich mit einem weiteren

Glas auf, denn er war von der vergangenen Nacht ganz durchfroren, und machte sich dann auf den Weg zum Hafen.

»Bleib lieber hier, draußen schneit es ununterbrochen«, warnte ihn Don Erico.

»Das macht mir nichts aus, vielleicht ist das Schiff ja noch da«, antwortete Foster.

»Dann hätte die Sirene nochmals gerufen«, entgegnete der Wirt.

Foster lief trotzdem zur Mole und ließ seinen Blick suchend über die verschneite, in Nebel gehüllte Bucht schweifen, aber er sah bloß an ihren Schäkeln vertäute Brückenkähne, Küstendampfer und hier und dort einen verspäteten Wollfrachter. Die *Gastelu* war weit und breit nicht zu sehen; bestimmt passierte sie bereits die östliche Mündung der Meerenge, nahm Kurs auf Afrika und später auf Europa, gelangte nach langen Tagereisen ins Mittelmeer. Nach dem, was er gehört hatte, sollte dies des Schiffes letzte Reise sein; die Hochseetauglichkeit war ihm abgesprochen worden, denn es war ein alter Kahn. Wahrscheinlich würde es ein Abwracker erwerben, um es auszuschlachten und zu verschrotten. Er spürte einen Stich im Herzen, als habe ein Dolch es durchbohrt. Wenn er die *Gastelu* in keinem Hafen der Welt wiederfände oder wenn sie tatsächlich verschrottet wurde, was am wahrscheinlichsten war, was würde dann aus dem Geld, das Martín zuoberst am Fockmast, unter einer Laterne am Ausguck versteckt hatte? Wer würde der glückliche Besitzer jenes kleinen Schatzes sein, für den er, Foster, die schändlichste Tat seines Lebens begangen hatte – als er seinem mit dem Tode ringenden Gefährten das Glas Wasser mit der Medizin nicht gereicht hatte?

Kurz nachdem sie den Paso del Abismo hinter sich gebracht hatten, in den Kanälen, hatte Martín sich elend gefühlt und ihn zu sich gerufen, um ihm die Stelle zu verraten, wo er seine Ersparnisse der vielen Jahre versteckt hatte, die er auf dem Frachter *Gastelu* gefahren war. Er hatte vorgehabt, mit diesem Geld den Lebensabend in seinem Heimatort im Innern Pontevedras zu verbringen, wo seine alte Mutter immer noch lebte, der das Geld nun zustand. Die Hafenbehörden von Vigo kannten sie von den monatlichen Überweisungen, die Martín ihr regelmäßig schickte; dort solle Foster das Geld für sie hinterlegen, doch wenn er ein wenig Zeit erübrigen könne, wäre es natürlich besser, ihr das Geld persönlich zu überbringen. Das war sein einziger und letzter Wunsch!

Von jenem Moment an begann langsam, aber unaufhaltsam ein Schatten in ihm zu wachsen. »Was ist mit mir los?«, fragte er sich. »Bin ich tatsächlich ein so schlechter Mensch?« Er hatte Martín bisher sorgsam gepflegt, doch nach der Enthüllung war etwas in ihm vorgegangen, und sein Verhalten gegenüber dem Kranken wurde frostiger. Er mied ihn und verspürte sogar ganz deutlich den Wunsch, dass dieser möglichst bald sterben und ihn nicht länger an der Nase herumführen möge. Warum wünschte er sich, dass er möglichst bald starb? Wegen des Geldes unter dem Mastkorb? Nein! So ein mieser Charakter konnte er doch nicht sein, dass er es auf das Geld abgesehen hatte, das sein Kamerad für sich und seine arme Mutter gespart hatte!

Nun, man würde sehen, was mit dem Geld passierte. Etwas würde er der Alten schon geben, es war ja genug da und reichte für zwei.

Er erschauerte, als er gewahr wurde, dass ihm dieser hinterhältige Gedanke zum zweiten Mal kam. War er tatsächlich ein so schlechter Mensch? Na gut, wenn er tatsächlich so schlecht war und es erst jetzt, unter diesen Umständen, angesichts dieser Schicksalsprüfung bemerkte, warum behielt er dann nicht alles Geld? Dann könnte er für immer aufhören, auf solchen alten Kähnen mit zweifelhaften Routen und noch zweifelhafteren Ladungen zu fahren, die den Abschaum der Häfen anzogen. »Geld ist das Einzige, was auf der Welt zählt«, dachte er. Das war seine Chance, und er musste sie packen.

Darum hatte er so lange gezögert, als Martín ihn in seinem Todeskampf flehentlich um das Glas Wasser mit der Medizin gebeten hatte. Dieses Glas Wasser hätte für ihn ein bisschen mehr Leben bedeutet; vielleicht sogar das ganze Leben, denn wer kannte schon den Ratschluss Gottes.

Er jedoch hatte gezögert, ihm das Glas mit der Medizin zu reichen, als würde er von einem unsichtbaren Wall zurückgehalten, an dem seine Füße festgekettet waren. Sogar Martín merkte, was sein Freund im Schilde führte, und das war der Moment gewesen, in dem der Lampenwärter seinem treulosen Kameraden jenen merkwürdigen Blick zugeworfen hatte. Es war sein letzter Blick gewesen, doch dessen Glut erfüllte die Kajüte, fraß sich durch Wände und ließ den Alten keinen Schlaf mehr finden.

Der Blick in der Todessekunde war mit der Glut des Entsetzens ins Jenseits hinübergegangen, hatte noch einen Hauch von Schmerz über des Menschen Schlechtigkeit in der Luft hinterlassen. Seit dem Tag, als Martín starb, war die Luft um Foster herum erstickend geworden, wo immer er sich befand, ob er die Ruderpinne bediente oder bei Wind und Wetter die Farbe vom Rumpf des Schiffes kratzte, die Unruhe ließ ihn nicht los.

Und in dieser schmerzlichen Stunde des Verlassenseins, als er sich endgültig eingestehen musste, dass die *Gastelu* mit ihrem kleinen, im Mastkorb verborgenen Schatz Kurs auf andere Meere genommen hatte, da wurde die Luft um ihn herum noch erstickender, obwohl die zahllosen weißen Blütenblätter des fallenden Schnees sein Gesicht betasteten, als versuche jemand aus der Ferne diesen Mann wiederzuerkennen, bange, dass er sich plötzlich in einen anderen Menschen verwandeln, eine andere Gestalt annehmen könnte.

Foster streunte durch den Hafen wie ein Gespenst auf der Suche nach einem anderen Gespenst. Nach und nach stellte er entsetzt fest, dass der Seemannsaberglaube bei ihm bereits Wirkung zeigte und dass er selbst es war, der dieses andere Gespenst in sich trug. Allein, verlassen, ohne Geld – die Reue in ihm wurde übermächtig, und er spürte die Last seiner Jahre wie nie zuvor. Niedergeschlagen behielt er das Geheimnis für sich, fragte niemand und sprach mit niemand über das sonderbare Schicksal des Sarges, nach dem er heimlich so emsig suchte. Die Umstände hatten sich aber gegen ihn verschworen, denn er hatte nicht die geringste Ahnung, wo seine Kameraden den Sarg stehen gelassen hatten. Anschließend hatten sie sich betrunken, ja, der Rausch war an allem schuld, was passiert war.

Aber wo war Martíns Leiche? War er auf unerklärliche Weise die verschneiten Straßen hinabgeschliddert und wieder im Meer gelandet, um ihn jetzt zu quälen? Hatte dessen Seele sich bereits in die seine geschlichen, hatte sie entzweit und peinigte sie jetzt, während Martíns Körper noch über der Erde schwebte oder durch die Tiefen der Meere segelte? Er sah sich unauffällig auf dem Friedhof um, doch niemand vermochte ihm einen Hinweis zu geben – auch Don Erico, der Kneipenwirt, wusste nichts. Keiner schien von dem mysteriösen Vorfall Kenntnis zu haben. Das Leben wurde trostlos, unerträglich.

Er ging wie ein Bettler von Tür zu Tür; frühmorgens machte er für ein Stück Brot oder einen Schluck Schnaps Feuer in den Kneipen und Bars. Dann war er nicht einmal mehr in der Lage, diese bescheidenen Arbeiten zu verrichten, und der Alkohol, der ihn auf den Beinen hielt, fehlte ihm.

Eines Morgens fand man ihn erfroren in einer kleinen Höhle, die durch Bodenerosion in den Klippen östlich des Hafens entstanden war. Er wies den typischen Gesichtsausdruck der Erfrorenen auf; seine weit aufgerissenen Augen blickten starr nach Osten, zur Mündung der Meerenge, hinter deren Horizont die Masten der alten Seelenverkäufer versinken, die an den Häfen vorüberfahren oder höchstens anlegen, um eine Havarie zu beheben oder einen Kranken zurückzulassen.

»San Juans kleiner Sommer« brach an, die blasse Sonne des Südens wurde von Tag zu Tag um ein paar Grad wärmer, brachte die dicke Schneeschicht zum Schmelzen, die sich durch die Stürme der vergangenen Monate aufgetürmt hatte. Eines Tages wurde in einer Straße am Stadtrand, die zum Friedhof führte, ein seltsamer, grün gestrichener Sarg mit einem vereisten Leichnam entdeckt. Der Fund beunruhigte die Behörden, die Polizei stellte Nachforschungen an, eine Autopsie wurde vorgenommen, doch niemand konnte etwas Genaues herausfinden.

Nur Mike, der schwachsinnige Sohn des Bäckers, nahm seine Mütze in die Hand, als er dem Sarg begegnete, der aus dem Leichenschauhaus zum Friedhof überführt wurde. Er ging eine Zeit lang hinter dem Sarg her und versuchte beständig, etwas zu sagen, streckte fünf Finger hoch, ging wiegend wie ein Seemann und deutete immer wieder auf den Sarg. Doch keiner wurde aus seinen Gebärden klug, mit denen er sagen wollte: »Fünf Matrosen und ein grüner Sarg.«

Kurs auf Puerto Edén

Wer weiß, was für Ungeheuerlichkeiten der Mensch beginge, wenn man ihn nicht im Auge behält!«, rief Dámaso Ramírez, Kapitän des Schoners *Huamblín,* während er die Ruderpinne von einer Hand in die andere gleiten ließ.

»So schlecht ist er auch wieder nicht«, entgegnete der Maat Ruperto Alvarez, und weil er nicht wusste, wovon der Kapitän eigentlich sprach, fügte er hinzu: »Denkt bloß mal an den Untergang der *Taitao.* Ein einziger Mann hat uns allen das Leben gerettet!«

»Nein«, stellte der Kapitän richtig, »ich spreche von diesem Villegas.«

»Ach so, ich dachte, Ihr meint alle Menschen …«

»Nein, ich meine den Koch, der wieder mal nicht für genug Fleisch gesorgt hat. Wenn die Taucher das merken, gibts einen schönen Aufruhr.«

»Er hat in Puerto Montt kein Fleisch eingekauft?«

»Kein Stück; er behauptet, die Läden seien geschlossen gewesen.«

»Der Kerl hat bisher nur Mist gebaut, und jetzt macht er uns schon wieder das Leben schwer.«

»Ich befürchte es; der Mann ist durch und durch verdorben, und wenn man ihn nicht im Auge behält, wer weiß, was er noch für Ungeheuerlichkeiten anstellt.«

Die *Huamblín,* ein Schoner von sechzig Tonnen, tuckerte bei Gegenwind mit ihrem Hilfsmotor auf Höhe der Deserteur-Inseln, einer Gruppe von sechs oder sieben Inseln, der letzten Ausläufer des Chiloé-Archipels und auch die letzten bewohnten Flecken, bevor man in die trostlosen Weiten des Pazifischen Ozeans vordringt. Sie liegen genau am Eingang des Corcovado-Golfs, dessen stürmische Buckel jedes vorbeifahrende Schiff zu Bocksprüngen zwingen.

Vor eineinhalb Tagen war der Schoner in Puerto Montt ausgelaufen, mit Kurs auf Puerto Edén, einen natürlichen Hafen auf der anderen Seite der Angostura Inglesa. Er steuerte bereits durch das Labyrinth der magellanischen Kanäle, und wegen der Nachlässigkeit oder der Bosheit ihres Kochs verfügten sie jetzt über keinen Bissen Fleisch für die vier Mann Besatzung und die drei Taucher, die sie für den Miesmuschelfang in den Gewässern von Puerto Edén an Bord genommen hatten. Es war schon Spätherbst, und der Schoner würde während des ganzen Winters die Kanäle, Buchten und Fjorde im Umkreis jener gottverlassenen Küste entlangfahren.

Ihr Auftrag war, die in dieser Gegend verstreuten Muschelfangschaluppen anzusteuern, die Mollusken zu bunkern und den Küstenschiffen zu übergeben, die Puerto Edén auf ihrem Kurs nach Norden anliefen.

»Uns bleibt nichts anderes übrig, als auf die Deserteur-Inseln zuzuhalten«, sagte Ramírez, als er die ersten Wellen des Golfes unter sich spürte, und das Thema wechselnd, fragte er den alten Matrosen: »Wie war das mit der *Taitao?* Erzähl mal!«

»Ein paar Jährchen ist das jetzt her, Kapitän. Sie war ein hervorragend getakelter Viermaster. Nicht so eine

Kiste wie die *Huamblín*. Wir hatten an den Felsen der Insel Huapi Schiffbruch erlitten, in der Nähe von San Pedro. Einer der Matrosen schwamm mit einem Tau um den Bauch zur Küste und band es dort fest. Der Kapitän stand auf einem Tafelfelsen, hielt das andere Ende des Taus, und wir hangelten uns, einer nach dem andern, zum Ufer hinüber. Er wusste, dass keiner mehr da sein würde, um das Tau zu halten, wenn er an der Reihe war, aber er hätte es niemals zugelassen, dass ein anderer seinen Platz einnahm. Er stand da und hielt das Tau, bis der letzte seiner Männer in Sicherheit war. Ich brauche euch nicht zu sagen, dass ich nicht zu den Ersten gehörte, die ihre Haut retteten, aber ich musste mich wie die andern ans Tau hängen. Als wir alle am Ufer standen, sahen wir, wie sich der Kapitän, ans Tauende geklammert, in die stürmischen Fluten warf. Eine Welle schleuderte ihn an den Felsen, und er verschwand. Wir haben ihn nie wieder gesehen.«

»Ja, das war ein richtiger Kapitän und nicht eine jämmerliche Küchenschabe wie dieser Villegas, der das Fleisch für die Besatzung ausgehen lässt.«

»Es gibt auch schlechte Kapitäne.«

»Aber keine feigen.«

»In meinem langen Leben habe ich manch einen sich davonmachen sehen.«

»Wie hieß denn jener Kapitän?«

»Antonio Oyarzo«, antwortete der alte Matrose feierlich und ließ seinen Blick, in dem Stolz, aber auch Verachtung lag, übers Meer schweifen.

In diesem Augenblick hob eine Buckelwelle den Schoner steuerbords hoch. Der kleine Kompass an der Ruderpinne schwankte; der Kapitän warf einen Blick auf die

Windrose; die magnetische Nadel zeigte in dem Moment nach Norden, genau auf seine Brust. Dámaso Ramírez nutzte den Sog der Welle und richtete den Bug auf eine Klippe am südlichen Ende der Insel.

»Wir werden die Flussmündung hinauffahren müssen, vielleicht finden wir dort ein paar Schafe«, sagte er, fügte dann hinzu: »In dieser Jahreszeit weiß man nie, wie viele Tage auf See einem bevorstehen.«

Der Schoner lavierte um die Klippe, die mit Tang und glitschigem Moos bewachsen war, und fuhr zwischen großen Beerentangbänken in die Flussmündung hinein. Seeschwalben- und Möwenschwärme schaukelten flatternd und kreischend auf dem dichten Algenteppich und ließen sich nicht stören; sie sahen aus wie lauter kleine Gischtwellen.

Der Schoner ankerte in der Lagune, deren Bett an die sieben Meilen maß und von steinigen Stränden und bewaldeten Hügeln gesäumt war. Die zwei oder drei Siedler, die sie antrafen, wollten ihre Schafe nicht verkaufen. Sie seien arme Leute, sagten sie, und besäßen nur noch die paar Tiere, die zur Zucht bestimmt seien. Sie verwiesen sie auf die flachen Weiden im Südosten, wo der reichste Landbesitzer der Insel wohnte, der eine viel größere Herde besaß. Aber auch der wollte ihnen kein Schaf verkaufen, als sie auf der anderen Seite der Insel vor Anker gingen.

»Was soll ich mit Geld?«, fragte der Inselbewohner verächtlich. »Was fange ich auf der Insel mit dem Geld an? Ich kann es ja nicht essen, aber ein Schaf kann in Notzeiten meine ganze Familie ernähren!«

Der Kapitän feuerte eine Breitseite Flüche auf den Egoismus der Inselbewohner ab; er befahl, den Anker zu lichten, stach entmutigt in See und sagte sich, dass diese Inseln nicht umsonst die *Desertores* hießen.

Inzwischen war die australe Nacht angebrochen, begleitet von einem glitzernden Sprühregen, der sie noch schwärzer erscheinen ließ. Er steuerte wieder durch die Beerentangbänke, und das Kreischen der Seeschwalben klang wie ein Abschiedsgruß aus dem Herzen der Finsternis. Als der Schoner sich ein Stück weit von der Küste entfernt hatte, schlenderte der Maat Ruperto Alvarez zum Steuerhaus, lehnte sich an den Türrahmen und unterhielt sich ungezwungen mit dem Kapitän.

»Was machen wir nun? Na ja, hab schon Schlimmeres erlebt und habe mir immer zu helfen gewusst.«

»Mist«, schimpfte Ramírez, »was soll ich machen, wenn mir keiner ein Schaf verkaufen will …«

»Glaubt Ihr etwa, man könne Schafe einfach so kaufen? Kaufen wir unseren Fisch etwa auf dem Markt? Das wäre ja noch schöner!«

»Das ist nicht das Gleiche.«

»Pah … Ich würde noch ein Stück weiterfahren, bis man auf der Insel das Tuck-Tuck des Motors nicht mehr hört, und dann mit dem Südwind zurücksegeln.«

»Und?«

»Tja, wir könnten uns ein bisschen umsehen, ob wir vielleicht zufällig etwas finden. Als wir um die Landzunge gebogen sind, habe ich am Ufer eine kleine Schafherde gesehen. Dürfte diesem Geldsack gehören; was machen dem schon ein paar Schafe mehr oder weniger aus!«

»Du sollst nicht töten, du sollst nicht stehlen; denk an die Gebote!«

»An die denkt man, wenn der Ranzen voll ist, aber hier draußen, mit all dem, was noch vor uns liegt, Corcovado, die Guaitecas, der Golfo de Penas – der Golf der Leiden … Wo sollen wir da was für den Kochtopf finden?«

»Und wer übernimmt das?«

»Na, ich, Kapitän. Dieser Villegas soll mir dabei helfen. Ich mache das nicht zum ersten Mal. In Patagonien braucht man nur das Fell über einen Zaun zu hängen, dann ist es kein Diebstahl, sondern Recht des Reisenden der Pampa.«

»Wir sind hier nicht in Patagonien.«

»Natürlich nicht. Ich wäre ja blöd, ein Schaf an Land abzuhäuten. Man muss es mit Fell und allem Drum und Dran an Bord bringen«, sagte der alte Matrose mit einem spitzbübischen Lächeln unter seinem angegrauten Schnurrbart.

Ramírez dachte eine Weile über das Piratenstück nach. Eigentlich geschah es den Insulanern ganz recht, als Strafe dafür, dass sie ihm in einer Notlage nicht einmal ein Schaf hatten verkaufen wollen. Aber einen Angelhaken über Bord werfen, um einen Sägefisch aus dem Meer zu ziehen, war etwas ganz anderes, als an einer unbewohnten Stelle an Land zu gehen und ein Schaf einzufangen. Das Meer hat seine Gesetze, aber es sind nicht dieselben wie die an Land.

Als jedoch unter der Tür des kleinen Steuerhauses die drei Taucher erschienen, die bereits erfahren hatten, dass das Fleisch ausgegangen war, vergaß er seine Bedenken. Die Männer beklagten sich, sagten, so könnten sie nicht arbeiten, und baten ihn, zum nächsten Hafen zurückzufahren, wo sie sich mit Fleisch eindecken konnten. Der Taucher ist ein angesehener Fachmann, unentbehrlich im Geschäft des Miesmuschelfangs. Als einzige Antwort legte Ramírez zwei Finger an die Lippen und stieß einen gellenden Pfiff aus. Sogleich verstummte der Motor, und der Schoner glitt geräuschlos durch die Wellen.

»Morgen gibts Braten und Schmorfleisch«, sagte er zu ihnen und gab Befehl, die Segel aufzuziehen.

Kurz darauf vernahm man das Knarren der Takelleinen in den Blöcken; dann hörte man das Schlagen von Fock und Stagfock, und schließlich hoben sich Groß- und Gaffelsegel wie zwei große Schwingen aus der Dunkelheit. Die *Huamblín* drehte in der Südostbrise bei und richtete im Schutz der immer undurchdringlicheren Regennacht lautlos den Bug erneut auf die Deserteur-Inseln.

Sie segelten um die Insel herum, ohne jedoch in die Lagune hineinzufahren, und warfen ebenso geräuschlos den Rüstanker an der Boberleine vor einer von der Flut überspülten Sandbank aus.

»Ich bin kein Dieb!«, rief Villegas, der Koch, als der Kapitän ihn zu sich rief und ihm befahl, den Matrosen zu begleiten.

»Wir sind deinetwegen dazu gezwungen!«, herrschte Ramírez ihn an.

»Warum können sich die Leute nicht mit Trepang und getrockneten Muscheln begnügen, die wir an Bord haben?«, wandte der Koch ein und fügte hinzu: »Glauben die etwa, dies hier sei ein Vergnügungsdampfer?«

»Sag mal, Villegas«, antwortete der Kapitän mit Unheil verkündender Ruhe, »warum, zum Teufel, benimmst du dich so?«

»Wie soll ich mich denn sonst benehmen? Ihr schickt mich zum Stehlen und regt Euch auf, weil ich kein Dieb bin.«

»Was ist in dich gefahren, Herrgott noch mal? Warum hast du kein Fleisch für die Besatzung eingekauft?«

»Das habe ich Euch doch schon erklärt. Ich habe kein Fleisch auftreiben können.«

»Das hättest du mir sagen müssen.«

»Ihr wart betrunken, es hätte kaum etwas genützt, auch wenn ich es Euch gesagt hätte.«

»Dann musst du jetzt eben sehen, wo du Fleisch hernimmst.«

»Ich gehe aber nicht, auf keinen Fall, ich nicht«, rief er aufgebracht und stampfte mit dem Fuß auf die Planken.

Der Kapitän musterte ihn einen Moment lang drohend, seine Geduld war offenbar erschöpft. Der Koch war ein dürres, blasses Männchen mit einem langen, kantigen Gesicht, wässrigen Knopfaugen und einem spärlichen grau melierten Schnurrbart, der ihm das Aussehen einer Spitzmaus verlieh.

»Verdammt noch mal, du willst also nicht gehen«, schrie Ramírez ihn unvermittelt an, packte ihn am Kragen und zog ihn zu sich heran.

Der Koch zappelte wie ein Hampelmann; seine Lider flatterten, als der Kapitän ihm in die Augen starrte. Dámaso Ramírez hätte ihm am liebsten mit der Faust ins Gesicht geschlagen, doch seine Hand krampfte sich um den Handgriff des Steuerrads zusammen, als wolle er es zerquetschen.

»Du steigst ins Boot«, sagte er kalt, »und kommst mir ohne ein Schaf über den Schultern nicht wieder an Bord!«

»Ich gehe«, sagte der Koch und entwand sich ihm, »aber wenn wir nach Puerto Montt zurückkehren, zeige ich den Diebstahl an.«

»Du kannst mich deiner Großmutter anzeigen, wenn du willst, aber erst bringst du ein Schaf an Bord!«

In der Zwischenzeit hatte der Maat das Beiboot zu Wasser gelassen, er wartete verstohlen lächelnd, bis die zwei sich geeinigt hatten. Villegas kletterte ins Boot und setzte sich wie ein Kapitän in den Bug; Alvarez packte die Ruder und hielt mit kraftvollen Schlägen Kurs auf die einsame, in Nacht und Regen gehüllte Küste.

»Ich musste wie der Teufel rennen, um das Schaf zu erwischen«, erzählte der Matrose ein paar Tage später in der kleinen Kombüse, und auf den Koch deutend, fuhr er fort, »während dieser Kerl da ein Mutterschaf findet, das eben frisch geworfen hat, sogar das Lamm ist ihm brav nachgelaufen!«

Die *Huamblín* hatte bereits das Ende des Chonos-Archipels erreicht, der außerhalb der Seekarten als die Guaitecas-Inseln bekannt ist; bei Einbruch der Nacht war sie im schützenden Hafen von Balladares vor Anker gegangen.

Das Navigieren bei Nacht ist in dieser Gegend für jegliches Schiff unmöglich, erst recht aber für einen Kapitän wie Dámaso Ramírez, der als ehemaliger Walfänger ans offene Meer gewöhnt war und einen Heidenrespekt vor dem dichten Gewirr aus Inseln und Kanälen hatte, aus dem die Guaitecas bestehen. Die Fahrt durch die Kanäle wird oft noch durch Sandbänke und Inselchen erschwert, auf denen die Vegetation so üppig ist, dass die langen Mähnen des Waldes das Meer verdunkeln.

Puerto Balladares, inmitten dieses Labyrinths gelegen, weist einen guten schlammigen Ankergrund auf, den die *Huamblín* nutzte, um den plötzlichen Wirbelstürmen jener Gegend zu entgehen.

Kaum hatten sie zwischen den bewaldeten Landspitzen

Copihue und Laurel Anker geworfen, luden die Männer des Schoners ein Fass auf die Schute und fuhren zum Trinkwasserholen zu einer Quelle, die am Ende des Dschungelgewölbes plätscherte. Als das Schiff auf den Küstenstreifen zuhielt, lief die Schute mit ihrem flachen Boden auf einer Muschelbank auf, die während der Ebbe auf dem Wasser lag. Es gab dort Unmengen Muscheln, sodass die Männer bloß über Bord zu langen brauchten, um sie mit den Händen ins Schiff zu schaufeln. Dasselbe taten sie mit den Seeigeln, die in geringer Tiefe im kristallklaren Wasser wimmelten und es schwarzgrün färbten. Die Bucht war an dieser Stelle dicht mit immergrünen Südbuchen, mit Strauchwerk und Oleanderbüschen gesäumt, von denen kleine rote Schlingpflanzen herunterhingen; sie bildete einen unberührten natürlichen Brutteich voller Mies-, Pfahl- und anderer Muscheln, voller Seeigel, Austern und großer Seespinnen. In jener Nacht fand an Bord der *Huamblín* dank der großzügigen Meeresgaben ein Fest statt. Dámaso Ramírez war bester Laune und entkorkte die bauchige Korbflasche Apfelschnaps, den er auf die Fahrt mitgenommen hatte. Die Taucher und die Besatzung, die nach dem Abendbrot in der kleinen Messe beisammensaßen, waren dann jeweils besonders fröhlich, vor allem, wenn man sicher vor Anker lag.

Erstaunlicherweise war an diesem Abend auch Villegas, der Koch, bester Laune und lächelte vergnügt, als der Maat Alvarez erzählte, wie sie auf den Deserteur-Inseln die Schafe gestohlen hatten.

Dámaso Ramírez, dem als gutem Kapitän nichts vom Leben an Bord seines Schoners entging, war aufgefallen, dass der Koch sich seit der Nacht auf den Deserteur-Inseln auf seltsame Weise verändert hatte. Er hatte ihn während der fünf Tage, die sie seither auf See waren, beobachtet und konnte sich nicht erklären, worauf die Veränderung dieses ungeselligen Kerls zurückzuführen war.

Jetzt lachte Villegas sogar, als er zuhörte, wie Alvarez von ihren Abenteuern auf der Insel schilderte, wie er bei Nacht und Regen ein Schaf gejagt hatte. Er war trotz seiner dreiundsechzig Jahre wie ein Junge hinter dem Tier hergerannt, bis er es in einem Bambusgestrüpp in die Enge getrieben und zu fassen gekriegt hatte.

Der Koch hingegen war schon nach wenigen Schritten über das Mutterschaf gestolpert, hatte es am Hals gepackt und zum Strand geschubst. Das Lamm war blökend hinter der Mutter hergelaufen. Er war zuerst versucht gewesen, ihm einen Tritt zu geben und es zu verscheuchen, weil das Blöken sie hätte verraten können. Er verzichtete jedoch darauf; eine ungewohnte Rührung veranlasste ihn, das Lamm aufzuheben, dem Mutterschaf ein Seil um den Hals zu binden und es hinter sich herzuziehen, bis er mit beiden Tieren die Schute erreichte.

Im Boot band er dem Schaf die Beine zusammen, und es lag ruhig auf den Planken. Er setzte sich mit dem Lämmlein im Arm in den Bug und wartete auf Alvarez. Die Nacht war finster wie ein Wolfsrachen; durch den Sprühregen war die Feuchtigkeit geradezu greifbar. Bevor ein neuer Brecher heranrollte, trat jeweils kurze Stille ein, und man hörte das Plätschern der Wellen, als ob die Verwünschungen in Klagen übergingen, die an den Klippen zerschellten. Das Lamm streckte den Kopf in die Dunkelheit, um seine Mutter zu finden, und da es sie nicht sah, begann es erneut zu zittern und zu blöken; doch aus dieser Entfernung konnte man es nicht mehr hören, da das Geräusch von der Dünung erstickt wurde und sich sein Wimmern anhörte wie das Wimmern eines jungen Seehundes. Schließlich wickelte er das Tier in den Zipfel einer Wolldecke und drückte es an die Brust. Das Lamm legte den Kopf in die warme Achselhöhle des Mannes und beruhigte sich. Ab und zu fuhr er mit seiner Hand über das krause Fell des Lämmchens, und die Wärme des kleinen Tiers strömte auf ihn über. Ihm war, als ob er in der finsteren Regennacht, in der gottverlassenen Ödnis der letzten Küste des Archipels, plötzlich etwas Weiches, Zartes, Zitterndes, Schwaches unter seiner rauen Hand spürte, das er schon lange vergessen hatte.

Er erinnerte sich, wie seine Mutter ihn als Kind an ihrer Brust gestreichelt hatte, und als er das Tier fester an sich drückte, spürte er dessen Atem pochen wie ein warmes kleines Herz.

An Bord des Schoners kümmerte er sich rührend um das Lämmchen. Erst ernährte er es mit der Milch des Mutterschafs, und als er dieses schlachten musste, bevor es wegen des Mangels an Weidegras zu mager wurde, und das Fleisch zum Trocknen ins Takelwerk hängte, schälte er Kartoffeln, presste sie aus und gab dem Lamm den Saft anstelle der Muttermilch zu trinken. Als es etwas größer war, fütterte er es mit Kartoffelbrei oder eingeweichtem Brot. Wenn der Kutter in einem Hafen anlegte, fuhr Villegas als Erster mit der Schute an Land, um Kräuter zu sammeln, vor allem wilden Eppich, der auf den Inseln reichlich wächst, um ein wenig Abwechslung in die Nahrung seines Findelkinds zu bringen, wie er das Lamm zärtlich nannte.

Auch die übrigen Männer betrachteten das kleine Tier mit der Zeit als eine Art Maskottchen. Ein originelles

Maskottchen, denn während andere Schoner und Boote meistens einen Hund an Bord haben, fuhr die *Huamblín* mit einem auf Deck herumhüpfenden Lämmchen in den Hafen von Puerto Edén ein.

Am auffälligsten aber war die Veränderung des Kochs, der nicht mehr murrend in der engen, neben dem Vordersteven untergebrachten Bordküche hantierte; er warf der Mannschaft nicht mehr die emaillierten Blechteller hin, wenn er das Essen schöpfte, und kippte die Reste auch nicht mehr einfach über Bord. Jetzt konnte man zu jeder Tageszeit etwas zu essen von ihm bekommen, genau wie »sein« Findelkind auch.

Denn das Findelkind gehörte ihm ganz allein. Der Mutter hatte er mit dem Messer die Kehle durchgeschnitten, aber er hatte ihre Stelle eingenommen und das Kleine ernährt. Das Lamm gehörte daher ihm, und er war jedes Mal eifersüchtig, wenn jemand es fütterte und sich von ihm die Hand lecken ließ.

Das kleine Tier schien ebenfalls an ihm zu hängen und lief wie ein Hündchen hinter ihm her. Daher trat wieder der alte, finstere Ausdruck in sein Gesicht, als in jener Nacht in Puerto Balladares der Matrose Alvarez am Ende seines Berichts vom Raub der Schafe scherzend hinzufügte: »Es wäre klüger, das Lamm in Puerto Edén bei den Alakalufs gegen einen guten Otterhund einzutauschen. Es ist nicht ratsam, es an Bord zu behalten!«

»Und wenn wir es gekauft hätten?«, warf Villegas hastig ein.

»Klar, so ein Lamm bekommst du an jeder Straßenecke«, entgegnete Alvarez spöttisch.

»Warum essen wir es nicht?«, fragte Almonacid, der Maschinist.

»Es ist noch viel zu klein«, warf einer der Taucher ein.

»Für mich ist das Lamm mehr wert als alle Hunde und Otterfelle zusammen.«

»Ich habe geglaubt, das Fleisch, das ihr geholt habt, sei für den Verzehr an Bord bestimmt«, brummte ein dicker Taucher.

»Schafe, hat der Kapitän gesagt. Das Lamm habe ich von mir aus mitgebracht. Ich habe ihm das Leben gerettet und denke nicht daran, es euch zu überlassen.«

»Es würde kaum für einen halben Bissen reichen«, rief ein anderer Taucher und fügte boshaft hinzu: »Aber ich bin auch der Meinung, dass man möglichst wenig Spuren hinterlassen sollte. Ein Otterhund wäre besser!«

Der Schnaps tat seine Wirkung, und die Unterhaltung drehte sich schließlich nur noch um das Für und Wider von Lamm oder Hund.

»Als ich auf einem Zollkutter arbeitete«, sagte einer der Taucher, »wurden wir einmal auf die Suche nach einem der Siedler auf der Insel Dawson geschickt, von dem man schon länger nichts mehr gehört hatte. Mitten in der Magellanstraße war das. Der Mann hatte offensichtlich einiges durchgemacht. Zuerst war ihm bei einer Geburt die Frau weggestorben. Dann verbrannten seine drei kleinen Kinder samt Hütte und allem, was er besaß. Und ihn haben wir tot im Schnee gefunden, zu Eis erstarrt. Und wisst ihr, wer an seiner Seite war? Seine zwei Hunde! Seine zwei Hunde, ausgestreckt neben der Leiche! Welches Tier stirbt mit seinem Meister? Allein der Hund stirbt mit seinem Meister!«, schloss der Taucher entschieden.

»An der Ausfahrt des Trinidad-Kanals haben wir einmal ein an den Klippen zerschelltes Schiff gefunden. Die gesamte Besatzung hatte es verlassen, nur der Schiffshund nicht; der war an Bord geblieben und jaulte im Bug, als rufe er nach den Menschen.«

Draußen strich eine Windbö über das Wasser von Puerto Balladares, und der Schoner drehte sich um den Anker, dass die Spanten knarrten.

»Der Hund hilft dem Menschen, andere Tiere zu jagen«, sagte Alvarez, »und wenn Not am Mann ist, landet schließlich auch der Hund im Kochtopf.«

»Hundefleisch könnte ich niemals essen!«, rief ein Taucher.

»Man merkt, dass du noch nie gehungert hast, mein Lieber«, erwiderte der Maat.

»Hast du es einmal probiert?«

»Gewiss, und es schmeckt ausgezeichnet. Ebenso gut wie dieses Lamm, wenn es etwas fetter ist«, sagte der Matrose mit einem Seitenblick auf Villegas.

Ruperto Alvarez war der älteste Mann an Bord, und dennoch war er lebhafter und scharfzüngiger als alle anderen. Groß gewachsen und kräftig, mit einem von einem Fausthieb gebrochenen Nasenbein, wachen Augen und einem steten Lächeln unter seinem grauen Schnauzbart. Man sah ihm sein Alter nicht an; er war ein Hitzkopf und der Inbegriff des »Miesmuschelmatrosen«. Trotz seiner dreiundsechzig Jahre war er es, der den Großmast hinaufkletterte, wenn sich im Sturm das Piekstück verklemmte. Er war nie trübsinnig oder mürrisch; er wirkte vielmehr stets wie ein großes, etwas in die Jahre gekommenes Kind, das bedenkenlos mit dem Leben spielt.

»Vor einigen Jahren«, begann er zu erzählen, »wollte ich mich auf der anderen Seite der Grenze nach Arbeit umsehen. Ich erinnere mich, dass ich damals zwei Monate benötigte, um zu Fuß vom Pazifik zum Atlantik zu gelangen. Ich zog in Talcahuano los, überquerte den Neuquén und gelangte auf der anderen Seite nach Comodoro Rivadavia in Argentinien.

Eines Abends kam ich müde zu einer Spelunke an der Grenze, und als der Wirt mich sah, fragte er gleich: ›Kannst du ein Lamm schlachten?‹ – ›Klar kann ich das‹, gab ich ihm zur Antwort. ›Dann komm mit‹, sagte er und führte mich zu einem Pferch, in dem ein schwarzer Hund an der Kette lag. ›Das ist das Lamm‹, sagte er und deutete auf den wohlgenährten Hund, dessen schwarzes Fell seidig glänzte. ›Und warum wollt Ihr ihn töten?‹ fragte ich und betrachtete traurig den Hund. ›Na, für die dort‹, antwortete der Wirt und zeigte in Richtung der Kneipe. Ich hatte dort sieben Geistliche in schwarzen Soutanen an einem Tisch sitzen sehen. ›Ich kann diesen Hund nicht töten‹, sagte ich zu ihm. ›Gut, wenn ich ihn töte, häutest du ihn für mich?‹ ›Ja‹, sagte ich, ›das Fell abziehen, das kann ich.‹ Der Mann nahm einen Knüppel und versetzte dem Hund einen Schlag auf den Schädel. Der Hund war auf der Stelle tot. Der Wirt ließ ihn ausbluten, und ich zog ihm das Fell ab. Dann briet er ihn in einem Lehmofen und setzte ihn den geistlichen Herren vor. Sie aßen ihn ganz auf, leckten sich hinterher die Finger und lobten das zarte Lammfleisch. Ich probierte auch davon, und ich muss sagen, es schmeckte wirklich lecker. Das Fleisch war weiß wie das eines nur wenige Monate alten Lamms. So wie das Fleisch von Villegas Lamm auch bald sein wird«, schloss er seine Geschichte und bedachte den Koch mit einem hinterhältigen Lächeln. Dessen Augen blitzten auf, dann verschwand er mit eingezogenem Kopf durch die niedrige Tür der Bordküche.

Die *Huamblín* setzte ihre Fahrt fort; sie segelte tagsüber und ankerte nachts vor der flachen Küste der Halbinsel Taitao. Ihr Kap – Tres Montes genannt – ist der höchste Felsen, der aus den Tiefen der Erde aus dem Wasser ragt. Dann ließ sie den gefürchteten Golfo de Penas hinter sich zurück, fuhr in die breite majestätische Wasserstraße des Messier-Kanals ein, kreuzte durch das Labyrinth der Angostura-Inseln, in dem keine zwei Schiffe aneinander vorbeikommen, und warf schließlich in den Gewässern von Puerto Edén Anker, das sich an den nördlichen Rand des Paso del Indio schmiegt.

Seinen Namen verdankt dieser Ort seiner außergewöhnlichen Schönheit. Nachdem man die ozeanische Weite des Golfo de Penas überquert hat, schlängelt sich der Messier-Kanal wie eine breite Wasserstraße zwischen grauen Felsen hindurch. Die Strömung schwillt beim Eintritt an wie eine zugeschnürte Ader, und die düstere Hohlgasse öffnet sich auf eine neue, ursprüngliche Welt, deren überwältigende Naturschönheit noch unberührt geblieben ist. Am westlichen Ufer des Paso del Indio bilden die grünen Inseln von Puerto Edén eine Oase von überirdischer Schönheit, und da jene Welt tatsächlich eben den Fluten entstiegen zu sein scheint, hat der Seemann das Gefühl, dort auch den ersten Menschen zu begegnen.

Die Inseln sind jedoch kalt und feucht, der Boden besteht aus einer jahrtausendealten, eineinhalb Meter dicken Torfschicht, die porös ist wie weicher Kork. Über dem Bett aus Moosen und Flechten erhebt sich das wuchernde Blattwerk der Eichen, Magnolien, Zypressen und Oleander. Die überreichen Fisch- und Muschelgründe, die bis zum Strand reichen, haben es einer gleichfalls ursprünglichen Menschenrasse, den Alakalufs, ermöglicht, dort Zuflucht zu finden.

Woher stammen diese Ureinwohner? Niemand weiß es. Nachdem man die stürmischen Wasserwüsten des Südpazifiks bezwungen hat, trifft man hier auf die ersten menschlichen Wesen, die sich in dieser eisigen Oase zwischen den vom Meer zerfressenen Andenausläufern niedergelassen haben. Die Yaghans Feuerlands gaben ihnen den seltsamen Namen Alakalufs, was »Menschen aus dem Westen mit Messern aus Muscheln« bedeutet. Der weiße Mann brachte den Alkohol und die Syphilis in diese unberührte Welt, doch obschon heute die Alakalufs ziemlich heruntergekommen sind, halten sie noch immer an dem Ritual fest, die Nabelschnur eines Neugeborenen mit der Schale einer Miesmuschel durchzutrennen.

Andere »Menschen aus dem Westen« fallen in diesen Gegenden leicht in einen Zustand zurück, der selbst Tiere beschämt. An jenem Abend, als die *Huamblín* den Anker in der Malacca-Bucht, an einer der sichersten Stellen von Puerto Edén, ausgeworfen hatte, hing noch der Nachhall einer der ruchlosen Taten in der Luft, die Fischer und Muschelsucher immer wieder an den Alakalufs begehen. Sie stürzen sich wie Bestien auf ihre Zelte, greifen die Männer an und vergewaltigen die Frauen und Töchter.

»Nicht nur die Muschelsucher tun das«, sagte einer der Taucher, um die Ehre seines Berufsstandes zu retten, als am Abend auf der *Huamblín* die Rede darauf kam.

»Sie haben die Abwesenheit des Unteroffiziers des Luftwaffenstützpunkts genutzt und haben sich über die Indianerinnen hergemacht«, sagte einer, der in einer Schaluppe vom Festland zu Besuch herübergerudert war; ein junger

Bursche, der stoßweise sprach und den Überfall auf die Frauen mit obszönen Gesten anschaulich schilderte, als sehe er ihn vor seinen weit aufgesperrten sensationslüsternen Augen.

»Wer ist es gewesen?«, fragte einer der Matrosen.

»Niemand weiß es«, erwiderte der Bursche. »Plötzlich hörte man mitten in der Nacht Lärm und Geschrei aus den Eingeborenenzelten, als werde gekämpft, danach die Schreie von Frauen und Mädchen. Dann hörte der Lärm plötzlich auf, und alles war wieder ruhig.«

»Wo war denn der Unteroffizier?«

»Er war mit den jungen Männern aus dem Dorf auf Otterjagd gegangen. Er steckt sie in Marineuniformen, lässt sie marschieren und strammstehen und die Fahne hissen, dann geht er mit ihnen auf Otterjagd, und die Felle behält er für sich.«

»Die Männer in diesen Gegenden sind lange Monate allein. Sie sehen die Indianerinnen kommen und gehen und, na ja, eine schmutzige Indianerin ist immer noch besser als sonst etwas ...«, meinte einer der Muschelsucher, die vom Festland herübergekommen waren.

»Besser als was?«, fragte Dámaso Ramírez. »Als das, was diese Dreckskerle miteinander treiben?«

»Schlimmer noch. Einmal habe ich Robbenjäger gesehen, die eine Robbe am Strand festgebunden hatten, um ihre Bedürfnisse an ihr zu befriedigen.«

»Und du warst dabei, was?«

»Ja, ich war dabei, aber ich habe es nicht über mich gebracht ... Einer von ihnen ist später übergeschnappt. Er wachte nachts schreiend auf und meinte, eine abgehäutete Robbe verfolge ihn.«

»Wieso eine abgehäutete?«

»Hinterher haben die Barbaren die halb tote Robbe abgehäutet, denn es war ein Jungtier – deren Felle sind besonders gefragt; doch am nächsten Tag war von der Robbe weit und breit nichts mehr zu sehen. Sie hatte sich wohl zum Sterben ins Meer geschleppt. Darum hat sie den Mann in seinen Träumen verfolgt, bis er übergeschnappt ist ... Wie die Schiffbrüchigen, die kein Begräbnis kriegen und jene quälen, die ihnen zu Lebzeiten Böses angetan haben.«

»Alles Märchen«, meinte der Kapitän.

»Märchen oder nicht, jenen Kerl musste man jedenfalls festbinden, damit er sich nicht ins Meer stürzte. Merkwürdig, dass Ihr als Kapitän eines Schoners nichts von diesen Dingen wisst!«

»Ich bin Walfänger, nicht Robbenjäger.«

»Klar, mit einem Wal wäre so was schon etwas schwieriger«, sagte der Muschelsucher grinsend, und alle lachten über seinen Witz.

Der Koch ließ seinen Blick finster über die Männer schweifen. Der Kapitän schlug mit der Faust auf den kleinen, am Großmast angeschraubten Tisch, stand angewidert auf und stieg über die enge Stiege an Deck.

»Bestien! Bestien! Schlimmer als die schlimmste Bestie!«, schimpfte er laut vor sich hin.

Die Nacht war finster und stürmisch. Dámaso Ramírez blieb noch eine Weile an Deck stehen und betrachtete prüfend das Meer, wie er es immer tat, bevor er sich schlafen legte. Von einer der düsteren Steilklippen des Paso del Indio blinkte das Licht eines Leuchtturms. Die Inseln zogen sich wie eine Schattenflotille gen Osten. Ein Fenster im zweiten Stockwerk des Wärterhauses war erhellt. Das Licht wirkte ungewohnt in dieser trostlosen

Gegend, geradezu städtisch. Etwas weiter, in einer Senke, die sich bis ans Ufer hinzog, mussten wohl die Robbenzelte der Alakalufs liegen. In der Einfahrt der Malacca-Bucht ankerte ein anderer Muschelschoner, und auf einer Sandbank im Nordwesten funkelten die Lichter eines Muschelsuchercamps durch die Finsternis.

Der Kapitän hörte die Stimmen in der kleinen Messe unter seinen Füßen; es klang wie das Murmeln eines unterirdischen Baches. Er hörte den Koch in der Kombüse hantieren, hörte dessen langes Gähnen, ein aufreizendes Geräusch zwischen Jammern und Seufzen. »Dennoch«, dachte er, »er hat sich in letzter Zeit verändert, er ist nicht mehr so störrisch und unzugänglich wie früher.«

Dámaso Ramírez war ein Mann um die fünfzig, von mittlerer Statur, doch kräftig gebaut, breitschultrig und muskulös, wie es sich für einen Walfänger gehört. Den Abstieg zum Kapitän dieses Muschelschoners verdankte er der Schließung der Walverarbeitungsfabrik, für die er früher gefahren war. Eine chilenisch-norwegische Firma hatte es gewagt, mit einem Fabrikschiff und vier Walfangschiffen in der Region des Golfs zu arbeiten, von denen er eines, die *Chile,* als Kapitän befehligt hatte. Doch obwohl die Pioniere des Walfangs in diesen südlichen Gewässern ihren Schiffen so schöne Namen gaben, hatten gewisse Regierungsstellen die junge, aufstrebende Industrie mit einem Bannstrahl belegt, da sie eine andere Walfanggesellschaft weiter nördlich konkurrenzierte, deren Besitzer, ein Mann von großem gesellschaftlichem und wirtschaftlichem Einfluss, ein Freund des Präsidenten war. Dámaso Ramírez dachte verbittert an jene Zeit zurück. Er erinnerte sich, wie der Direktor der chilenisch-norwegischen Walfangfirma ihm ein Telegramm gezeigt hatte, in dem vom Präsidentenpalast die Anweisung an die Verwaltungsbehörde der Magellanregion erging, den in Punta Arenas ansässigen Neulingen Schwierigkeiten in den Weg zu legen. Die Gesellschaft musste liquidieren und ihr Fabrikschiff sowie die Walfangschiffe an die Konkurrenz im Norden verkaufen. Und Dámaso Ramírez hatte seine Arbeit verloren, seinen Rang eines Kapitäns auf einem Walfangschiff und, was schwerer wog, seinen Glauben an die Menschen, besonders an jene, die regierten. Als guter Walfänger war er daran gewöhnt, sich den Giganten der Meere zu stellen, und er sagte sich, dass der Mensch zwar die Natur besiegt hatte, nicht aber die Natur des Menschen.

In seinem langen Seemannsleben hatte er viel gehört und gesehen, doch nichts, was ihn so entsetzt hatte wie die barbarische Geschichte, die er eben gehört hatte. Er blickte aufs Meer hinaus, das noch schwärzer wurde, als eine Sturmbö von den Bergen im Westen herabstieß und das Wasser zwischen den Inseln vor der Kanaleinfahrt peitschte. Er schaute zu den Bergen hinüber; sie waren bis weit hinab mit Schnee bedeckt. Der ewige Schnee auf den Gipfeln, es war das einzige Weiß in jener Nacht, wenn auch von stechender, durchdringlicher Helle, die mit dem Schwarz des Himmels verschmolz. Er suchte sein Sternbild am Himmel, das ihm in den Walfangnächten auf See so oft seine Position und manchmal sogar seinen Kurs angezeigt hatte. Am Himmel jedoch war kein einziger Stern zu sehen, auch das Kreuz des Südens verbarg sich hinter einer schwarzen niedrigen Kuppel, die eine diabolische Hand über und über mit Ruß beschmiert hatte, der noch schwärzer war als die kohlschwarze Nacht. Er hob drohend die Faust zum Himmel und flüsterte zwei, drei Mal vor sich hin, als getraue er sich nicht, die Worte laut auszusprechen: »Himmel! Wie kannst du das nur zulassen!«

Und dann verschwand er brummelnd durch die Luke, die in seine Kajüte führte, als schlucke ihn ein schwimmendes Grab.

Auf die stürmische Nacht folgte ein herrlich strahlender Morgen, der Puerto Edén wie neu erschaffen erscheinen ließ. Zum Westkanal hin lag die Insel Grossover, ein gestrandeter Wal mitten im schmalen Paso del Indio; ihr grüner Buckel ragte aus dem Wasser, und dahinter übersäten zahllose blaue, weiße, grüne Kuppen das Wasser des Kanals, der wie ein enger Pfad zu einer anderen Welt zu führen schien.

Die Taucher mit ihren Gummianzügen und Tauchgeräten stiegen von der *Huamblín* in die Walfangschaluppen um, die sie bereits erwarteten. An diesem Tag begann der Schoner seine periodische Rundfahrt durch die angrenzenden Gewässer, wo er von einer zur andern der insgesamt fünfzehn Schaluppen fuhr, die der Eigentümer der *Huamblín* während der Wintermonate in dieser Region einsetzte.

Die Schaluppen, deren Namen noch aus den Zeiten stammten, in denen die großen Meeressäuger mit Harpunen gejagt wurden, durchpflügten die Gewässer mit eigener Segelkraft, mit einem Groß- und einem Focksegel; manchmal zog die Besatzung noch eine Stagfock auf, ein ganz besonderer Luxus, sodass sie wie kleine Segelschiffe mit hohem Bug und spitzem Achtersteven aussahen. Der Taucher arbeitete back- oder steuerbords mit zwei Gehilfen, die ihn mit Atemluft versorgten: einer bediente mit einem Schwungrad die Pumpe, während der andere den Drahtkorb – den *chinguillo* – heraufholte, wenn der Taucher ihn auf dem Meeresgrund gefüllt hatte und zweimal an der Leine zog, die ihn wie eine Telegrafenleitung mit den Händen seines Gehilfen verband.

Die heftigen Schneestürme im Juni machten die Arbeit zunehmend schwieriger und härter. Alles war nun weiß in jenen Breiten; die dicke, vom Wind sanft gewellte Schneedecke zog sich von den Gipfeln bis zur Wasserlinie hinab, wo die ansteigende Flut sie zu einem tadellosen Kristallgesims formte.

Auch die Vegetation der Inseln zeigte sich manchmal morgens in einem weißen Kleid, was den verkümmerten Eichen, Oleandern und Zypressen das Aussehen verträumter, skurriler Skulpturen verlieh, die auf wundersame Weise aufrecht über dem hellen Blau des Wassers schwebten. Manchmal war das Meer in den Kanälen mit Eis überzogen, und die Taucher mussten die dünne kristallene Schicht zerschlagen, ehe sie in die gläserne Unterwasserwelt eindringen konnten. Mit ihren weißen Gummianzügen und der großen Tauchglocke aus glänzendem oder grünspanfleckigem Kupfer, die, am Hals verschraubt, auf ihren Schultern ruhte, stiegen die Taucher wie behäbige Gespenster über eine an der Reling hängende Eisenleiter an der Bordwand zum Meeresgrund hinab, mit der Außenwelt nur durch den roten Gummischlauch verbunden, der ihre Lungen mit Atemluft versorgte.

In den grünlich schimmernden Tiefen des Wassers sahen sie wie große weiße Frösche mit bronzenen Köpfen aus oder wie seltsame Fische, die ruhig zwischen den Algengärten schwammen.

Langsam, regelmäßig drehten die Männer an Bord das Schwungrad an der Pumpe, damit die Nabelschnur dem Kind der Erde im Bauch des Meeres das Leben zuführte. Alles, was man von diesem Leben sah, das in den Händen der Gehilfen lag, waren hin und wieder ein paar Luftblasen, die wie wirbelnde Seifenblasen an die Wasseroberfläche stiegen. Das bedeutete, dass der Taucher seinen Kopf in der Metallglocke zur Seite neigte und in das Ventil blies, um die in den Lungen verbrannte Luft herauszulassen und weiteratmen zu können. Der gemächliche Rhythmus dieses mechanischen Vorgangs ließ die Männer an Bord oft vergessen, dass die dünnen Blasen das Leben eines Menschen bedeuteten, der sich, wo auch immer, in drohender Nähe des Todes befand.

Was denken die Taucher, wenn sie auf dem Grund des Meeres spazieren? Viele sagen, dass sie nur an die Muscheln denken, um möglichst schnell den Drahtkorb zu füllen, den der Gehilfe dann, nach dem Ruck an der Leine, an Bord zieht. Über das, was sie dort unten sehen, schweigen sie sich in der Regel aus, lächeln bloß müde wie eine Sphinx; es ist das gleiche Lächeln, mit dem sie tief die frische Luft einatmen, sobald sie längs der Schaluppe aus dem Wasser auftauchen und die Gehilfen ihnen den Helm abschrauben.

Sie sagen, dort unten gehe man wie durch schwere Luft, und der Körper sei so leicht, wie man es haben wolle, da eine Kopfbewegung über dem Ventil im Taucherhelm genügt, um den Gummianzug, in dem sie unter Wasser schweben, mit Luft zu füllen oder sie abzulassen.

Auf dem Meeresgrund ist es nicht viel anders als auf der Erde; auch dort gibt es Gassen und Wiesen, nur stiller und lautloser, denn dort unten spürt man weder das

Wogen noch das Brechen der Wellen. Vor den großen rechteckigen Glasaugen tauchen manchmal Schwärme neugieriger Fische auf, ziehen eine Weile ruhig ihre Runden vor dem metallenen Kopf und wirbeln dann plötzlich auseinander wie die Blütenblätter einer Rose in stürmischer Bö. Manchmal kommt ein Delfin dahergeschwommen, der, nach dem Menschen, das größte Gehirn besitzen soll, und betrachtet neugierig den weißen Artgenossen, der so ungewohnt in senkrechter Haltung schwimmt.

Manche dieser Taucher sind abergläubisch und verlassen sich eher auf die wie die Urinflasche am Gürtel befestigten Amulette als auf ihre Gehilfen, denen sie ihr Leben anvertraut haben. Dies obwohl das alte Gesetz des Meeres sagt, dass im Notfall zuerst der Mann in der Tiefe gerettet werden muss und dann erst die Männer auf dem Schiff.

Einer der Taucher zum Beispiel konnte nicht ohne seine zwei Tauchenten arbeiten, die er darauf abgerichtet hatte, ihm bis auf den Grund des Meeres zu folgen. Die Tauchente hat eine dunkelblau-gräuliche Farbe und die Größe einer Gans, aber sie kann nicht fliegen. Sie ist so schwer, dass ihre Flügel sie kaum vom Erdboden abzuheben vermögen; sie paddelt jedoch mit ihren breiten Schwimmhäuten in einem solchen Tempo durchs Wasser, dass sie eine blubbernde Kielspur hinter sich zurücklässt wie ein Dampfer, was auch zu ihrem Beinamen »Dampfschiffente« geführt hat.

Der Taucher hatte sie von klein auf abgerichtet, und wenn er unter Wasser ging, tauchten sie mit ihm und sahen ihm bei der Arbeit zu. Sie schwammen vor seinem Sichtfenster hin und her und betrachteten ihren Meister, ihren fürsorglichen Freund, den Menschen, der für sie das eine oder andere Fischlein zwischen den Klippen fing, dann schwammen sie wieder nach oben und tummelten sich vergnügt auf dem Wasser. So verbrachten sie den Tag mit Tauchen und Spielen, bis ihr Meister wieder nach oben kam und ihnen jedes Mal eine Leckerei mitbrachte, die sie mit ihren zum Himmel gereckten, orangefarbenen, löffelförmigen Schnäbeln schmatzend verschlangen. War die Arbeit auf der Schaluppe beendet, folgten sie dem Taucher zu seiner Wellblechhütte an der Küste, wo sie wie ganz gewöhnliche Hausenten in seiner Nähe blieben. »Sie bringen mir Glück«, sagte er, und er hätte seine Arbeit nie ohne sie verrichtet.

Das Lämmchen auf der *Huamblín* brachte dem Schoner ebenfalls Glück, denn während der vier Monate, die das Schiff auf jenen Gewässern kreuzte, hatte es keinerlei Zwischenfälle gegeben. Der Besitzer des ungewöhnlichen Maskottchens, der Koch Villegas, war mit der Zeit ein anderer Mensch geworden, ein umgänglicher, hilfsbereiter Kamerad.

Ob er an Deck ging oder unter Deck, das Lamm folgte ihm; manchmal spielten sie miteinander, er auf allen vieren, sich gegenseitig schubsend wie zwei Lämmer oder wie zwei Kinder. Die Männer auf den Schaluppen hatten es aufgegeben, das Lamm, das jetzt im besten Alter war, um am Spieß gebraten zu werden, mit gierigen Blicken zu verfolgen, und sie betrachteten es inzwischen alle als das Maskottchen der *Huamblín*.

Villegas war ein Mann, der auch schon bessere Zeiten gesehen hatte. Manche hatten ihn als Koch auf den großen Estanzias der Rinderbarone von Patagonien gekannt, wo der Küchenchef der bestbezahlte Angestellte war. Es hieß, er könne nie wieder auf diesen Estanzias

arbeiten, da er bei einem blutigen Streik als Spitzel ent-
larvt worden sei und die Arbeiter ihn »auf ihre Liste« gesetzt hätten. Andere behaupteten jedoch, er sei schon
immer ein gefährlicher Bursche gewesen und dürfe nicht
in die Magellanregion zurückkehren, weil er dort jeman-
dem ein Küchenmesser nachgeworfen und ihn so getötet
habe. Wie auch immer, Villegas war auf dem Schoner
unzufrieden, weil er es für unter seiner Würde hielt, in
der winzigen Kombüse am Vordersteven zu arbeiten und
der Besatzung das Essen aufzutischen. Seine aristokrati-
sche Blässe strahlte etwas Überhebliches, Mürrisches aus,
und obwohl eine Veränderung in ihm vorgegangen war,
blickte er immer noch etwas hochmütig auf die anderen
herab.

Seine neue Herzlichkeit war so auffällig, dass er selbst
sich nicht wiedererkannte. Was war mit dem Mann passiert? Hatte etwa das Lämmchen von der gottverlassenen Deserteur-Insel, das er in jener Nacht an seine Brust
gedrückt hatte, die Zärtlichkeit geweckt, die sein ver-
härtetes Herz so sehr entbehrt hatte? Vielleicht war ein
menschlicher Instinkt in ihm geweckt worden, als er die
Mutter geschlachtet hatte, ohne die das Lämmchen nicht
überleben konnte. Jedenfalls hatte das niedliche Tier eine
gewisse Verbindung zwischen ihm, dem Widerborstigen
und Einzelgänger, und der Mannschaft hergestellt. Wenn
ein Fremder ein Kind streichelt, streichelt er dann nicht
auch den Vater? Das war es wohl, was er für das Lamm
empfand.

Die geheimen Triebkräfte seiner Veränderung kannte
nicht einmal Villegas selbst. Es gibt Dinge, die so einzig-
artig sind wie ein Stein, der sich an der Oberfläche spal-
tet, um einen Samen keimen zu lassen.

Die *Huamblín* fuhr den ganzen Winter über die entlegensten Küstenwinkel, Fjorde und Kanäle entlang, alle Stellen, wo die Schaluppen der Muschelsucher ankerten. Manchmal drang sie in Meerengen und Flussmündungen vor, die, wie die Baker-Mündung, weit in die patagonischen Anden hineinreichen. Sie füllte ihre Frachträume mit Pfahl- und Miesmuscheln und brachte sie nach Puerto Edén, wo sie auf Küstenschiffe verladen wurden, die sie weiter nach Norden transportierten.

Die großen ozeanischen Tiefausläufer, die vom Pazifik heranrollen und unterwegs ihre Kräfte sammeln, prallen mit gewaltiger Kraft gegen das Bollwerk der Anden, die, von Einschnitten und Fjorden zerklüftet, sich seit Urzeiten trotzig den entfesselten, vor Zorn brüllenden Winden in den Weg stellen. Trotzdem sind die Gewässer zwischen den steil abfallenden Felsen relativ ruhig; doch ab und zu stößt eine rächende Sturmbö von den Gletscherausläufern herab und peitscht in blinder, rasender Wut die Wellen. Dann wirbeln Bäume, Indianerzelte und Eiszapfen durch die Luft.

In einem dieser Tiefs geschah das Unvermeidliche und zerstörte alles, was an Bord der *Huamblín* gediehen war.

Gegen Mitternacht brach der Sturm über das Schiff herein. Der Wind fegte mit einer Geschwindigkeit von hundertfünfzig Stundenkilometern oder mehr über die Gipfel, prallte heulend an den messerscharfen Gesimsen ab. Dámaso Ramírez' langjähriger Instinkt weckte ihn bei der ersten gewaltigen Bö; er hatte jedoch keine Zeit mehr, die Anker zu lichten, denn als er an Deck kam, hatte sich das Schiff bereits losgerissen und trieb durch die entfesselte Nacht, drohte an den Felswänden zu zerschellen.

Die Mannschaft lief auf Deck zusammen, doch selbst als der Maschinist auf volle Kraft voraus ging, gehorchte der Schoner nicht und trieb mit seinen Ankern im Schlepptau unaufhaltsam auf die Felsen zu, die im Schneetreiben und in der Dunkelheit kaum zu erkennen waren. Der Maat versuchte, die Stagfock zu hissen, doch das kleine Segel wurde zerfetzt wie ein grauer Lappen.

Mit Todesmut setzte der Kapitän den Schoner und mit ihm alles Leben auf dem Schiff aufs Spiel, warf das Ruder herum und fuhr auf eine Meerenge zu, steuerte mit Rückenwind und auf Gott vertrauend in sie hinein. Er lief nicht auf Grund, und als er wie durch ein Wunder den offenen Kanal erreichte, waren sie der Gefahr entronnen. Anschließend kreuzte er zwischen den Inseln, bis er neuen Ankergrund fand.

In der Nacht waren nur das Krachen des Sturms und die Befehle des Kapitäns zu hören gewesen. Doch kaum lag die *Huamblín* auf sicherem Grund vor Anker, hörte man unter Deck einen verzweifelten Schrei: »Mein Laaamm!«, brüllte Villegas und rannte vom Heck bis zum Bug.

Alle suchten nach dem verlorenen Lamm; doch in Anbetracht der Größe des Schoners war ihnen schnell klar, dass es wohl von einer Welle über Bord gespült worden war. In der herrschenden Aufregung, als es um Schiff und Leben ging, hatte es keiner bemerkt.

Am anderen Morgen war der Himmel über Puerto Edén so klar und die Luft so rein, wie es dem biblischen Namen des Ortes entsprach. Nicht der kleinste Windhauch wehte über die verschneiten Felsengipfel; wie stets nach seinen zerstörerischen Raubzügen umspielte das Meer mit der entwaffnenden Unschuld eines Kindes die

Inseln, strömte friedlich durch die Enge des Paso del Indio anderen Welten entgegen.

Villegas lag den ganzen Tag stumm in seiner Koje. Der Maschinist und der Maat mussten ihr Essen und das des Kapitäns selbst zubereiten. Der Koch rührte keinen Bissen an und blieb die ganze Nacht und auch den folgenden Tag in seiner Koje liegen, das Gesicht den dunklen Spanten der Bordwand zugewandt.

Kurz nach Einbruch der zweiten Nacht war ein dumpfer Schrei unter Deck zu hören. Der Kapitän schrak aus dem Schlaf, ergriff eine Positionslaterne und sah nach, was in der Mannschaftskajüte los war.

»Er ist es gewesen, der mein Lamm ins Meer geworfen hat!«, schrie der Koch mit seltsamer Stimme, als der Kapitän in den engen Verschlag am Achtersteven leuchtete.

Alvarez, der Maat, hauchte sein Leben aus, während das Blut schäumend aus seiner Wunde floss. In seiner Brust stak ein Küchenmesser. Almonacid, der Maschinist, saß halb aufgerichtet in seiner Koje an der Bordwand und starrte verschlafen auf die sich vor ihm abspielende Tragödie.

»Hilf mir, den Mann zu fesseln!«, befahl ihm der Kapitän, stellte die Lampe auf den Boden, packte von hinten Villegas' Hände und hielt sie mit eisernem Griff fest.

Der Koch leistete keinen Widerstand, als der Kapitän ihm die Hände mit einem ordentlichen Seemannsknoten im Rücken zusammenband. Er saß teilnahmslos, mit gesenktem Kopf da.

Erst als man ihn in der Küche eingesperrt hatte, deren Tür der Kapitän mit einem Vorhängeschloss sicherte, hörte man ihn verzweifelt schluchzen.

Zwei Tage später ging ein Schiff längsseits, um Muscheln zu übernehmen, und der Kapitän übergab dem Kommandanten des anderen Schiffs den Koch Villegas, der den schlafenden Matrosen Ruperto Alvarez umgebracht hatte.

»Ich weiß nicht, ob dieser Mann verrückt oder vom Bösen besessen ist«, sagte Dámaso Ramírez, als er seinem Kollegen von der ungewöhnlichen Bluttat berichtete, und fügte hinzu: »Schuld daran war ein Lamm, das beim Sturm über Bord gefegt wurde.«

Das Lamm war auch daran schuld, dass die Behörden in Puerto Montt bei ihren Ermittlungen auf den Schafdiebstahl auf den Deserteur-Inseln stießen; und während der Koch als Mörder im Gefängnis landete, verlor Dámaso Ramírez, der ehemalige Walfangkapitän, der seinen Glauben an die Menschheit verloren hatte, nun auch seinen Kapitänsrang auf der *Huamblín*.

Auf einem Puerto Edén vorgelagerten Inselchen, das wie eine Boje auf dem Wasser liegt und die Seefahrer vor den Untiefen warnt, stellten mitleidige Hände ein rohes Holzkreuz auf, eine letzte Erinnerung an den Matrosen Ruperto Alvarez. Es waren nur zwei kümmerliche, mit einem Seemannsknoten zusammengebundene Eichenäste, die mit der Zeit vermoderten oder von einem Sturm fortgeweht wurden.

Vergessenes Land

Je weiter wir landeinwärts vordrangen, desto düsterer und unheimlicher wurde die Gegend. Der Pfad war an manchen Stellen so schmal, dass der Herzschlag erstarrte, und selbst die Pferde spitzten die Ohren, verängstigt über etwas, was man nicht sah, das jedoch vorhanden und so lebendig war wie der nackte Felsen.

Die Schlucht fiel steil ab, und der Blick auf den tosenden Fluss in der Tiefe nahm Mensch und Tier sekundenlang den Atem. Wir versuchten, uns an die Felswand zu pressen, deren wuchtige Masse uns auf den Abgrund zu drängte. In solchen Momenten waren wir wehrlos; wir richteten uns bloß etwas mehr in den Steigbügeln auf, klammerten uns an die Zügel, und das Pferd schritt von sich aus mit unerschütterlicher Festigkeit über den brüchigen Felsen.

An einer Wegbiegung schob der Felsen seine Flanke vor, und wir warfen von dort aus einen letzten Blick aufs Meer. Es war, als verlören wir etwas, etwas, was wir niemals wiederfinden würden. Jetzt verstanden wir die beklemmende Unruhe, die sich über uns gelegt hatte, je weiter wir in die trostlose Landschaft vordrangen. Das Meer, obwohl eifersüchtig und jähzornig, wenn man auf ihm fuhr, war aus der Ferne ein unersetzlicher Gefährte, eine sanfte, friedliche Fläche, deren Anblick einen beruhigte, einem vor allem ein unbestimmtes, unerklärliches Gefühl von Hoffnung gab.

Es gibt Gegenden, die man, wie bestimmte Augenblicke im Leben, nie mehr vergisst; sie bohren sich in unser Innerstes, und die Wunde wird jedes Mal tiefer. Als wir uns umwandten und nochmals auf das Meer blickten, um uns etwas von dieser Hoffnung einzuprägen, bevor wir endgültig in das Land des Vergessens vordrangen, spürten wir, dass dies einer jener Augenblicke war.

Unser Pfad, der dem Lauf des Baker folgte, brach plötzlich abrupt ab, und vor unseren staunenden Augen öffnete sich ein wunderbares Tal, dessen vom gefangenen Wind zerzauste Weiden glänzten wie das seidige Fell eines Otters, über welches sanft der Atem eines Kenners streicht. Es war ein gewaltiger, von einem Gletscher in das Herz des Berges gegrabener Einschnitt, eines jener von jahrtausendealtem, jetzt verschwundenem Eis geschürften Flusstäler, in dessen Schlickbett nun fruchtbare Wiesen gediehen. Wir mussten den Flusslauf verlassen und nach Süden abbiegen, an einem trockenen Flussbett entlang, um einen Abstieg zu finden. Erst nach mehreren Stunden senkte sich der Bergkamm, und wir erblickten endlich das Ende des Tals, das sich in der Ferne wie ein tiefer Schlund zwischen den Felswänden verlor. Wir erkannten im fahlen Tageslicht zwei Dinge, die unsere Neugier beflügelten: Das Tal endete vor einer steil aufragenden Eiswand, die sich wie ein Keil zwischen die Berge schob, und tief zu unseren Füßen, auf dem Gipfel des ersten, ins Tal abfallenden Vorgebirges, sah man am Rand eines Wäldchens aus verkrüppelten Zwergeichen eine kleine, rostdunkle Hütte – wie ein achtlos weggeworfener Gegenstand, der sich auf seltsame Weise im verlorensten Winkel der Welt festgesetzt hatte.

Wir machten uns an den Abstieg, ritten dann durch das Tal, wo das hohe Gras am Weg uns bis zu den Steigbügeln reichte. Nach kurzer Zeit überwältigte uns die unheimliche Einsamkeit der Landschaft wieder, die uns von der Höhe aus wie eine Oase der Ruhe vorgekommen war. Das Gras wuchs reichlich und satt, wie ein Saatfeld, doch kein Vogel, kein Andenhirsch, nicht einmal ein Käfer unterbrach die Stille, durch die bloß das Säuseln des gefangenen Windes strich.

Wir erinnerten uns, etwas Ähnliches in einer von einem gigantischen Gletscher ausgewaschenen Schlucht in der Bucht von Yendegaia am Beagle-Kanal gesehen zu haben; aber dort hatte der Mensch die Geräusche des Lebens hineingetragen; zwölftausend Schafe weideten in den Tälern, die sich auch dort bis zu den vorzeitlichen Spuren des Eises erstreckten.

Wir ritten auf die Hütte zu. Die Stille wurde immer bedrückender, und nur das Heulen des Windes verfing sich pfeifend in den Hochwäldern. Dann umgab uns wieder die Stille, bis …

Ein klagender Ruf durchzuckte wie ein Blitz die angespannte Stille, die Pferde scheuten und bäumten sich und hätten uns beinahe abgeworfen, doch schließlich konnten wir sie dank Zügel und Sporen besänftigen; aber ihre Nüstern flatterten, ihre Augen rollten, ihre Beine zitterten, wie sie es auf dem gefährlichen Ritt den Abgrund entlang nicht getan hatten, denn das Pferd gehört zu den Tieren, die vor dem Unbekannten zurückschrecken.

Wir tätschelten ihnen den Hals, bis sie sich beruhigt hatten. Es war noch keine Minute vergangen, da erschallte das klagende Jaulen nochmals, nicht mehr so durchdringend diesmal, eher wie das Blöken eines kranken oder verwundeten Wolfs. Diesmal brauchten wir bloß die Zügel ein paar Mal anzuziehen, damit die Pferde sich wieder beruhigten.

Wir hielten an und warteten. Die Stille lastete wie das Blei des Himmels auf uns. Wir wollten eben unseren Weg fortsetzen, da teilte sich das Weidegras, und ein merkwürdiges Tier tauchte vor uns auf: Es war ein großer Pudel, der Ähnlichkeit mit einem Windhund hatte, einem Windhund mit flacher Schnauze allerdings, mit Lefzen wie ein Wolf, die Flanken waren mit langem, dichtem, borstigem Fell bedeckt, ähnlich dem einer Pelzrobbe. Es war eine sonderbare, abstoßende Mischung, eine Art Hyäne mit langen Vorderläufen, die den Körper hinter sich herzuschleifen schienen. Das Tier tauchte dicht neben mir auf, und noch bevor es sich auf mein Pferd stürzen konnte, hatte ich meinen Karabiner entsichert und zielte, doch Clifton, mein Reisegefährte, schob den Lauf meiner Winchester schnell zur Seite. Im selben Augenblick erschien ein Mann zwischen dem hohen Gras, er packte den Hund – nehmen wir an, es habe sich um einen Hund gehandelt – beim Ohr und blieb neben ihm stehen.

Clifton ging auf ihn zu und sprach mit ihm. Ich konnte nicht hören, worum es ging. Der Mann antwortete etwas Unverständliches mit einer kehligen Stimme und deutete auf das Ende des Tals, als weise er uns den Weg.

Wir ritten weiter, der Mann folgte uns, den Hund immer noch am Ohr haltend, bis zum Fuße des Berges, wo die Hütte stand. Er ließ uns aber nicht bis zur Hütte, sondern stellte sich uns in den Weg, rief etwas mit seiner kehligen Stimme, machte eine Bewegung, als drohe er uns mit seinem Hund, und deutete nochmals auf den nahen Gebirgsausläufer.

Wir schlugen die von ihm gewiesene Richtung ein, während er von seiner Bergflanke aus hinter uns herspähte. Als wir ein Stück weit geritten waren, hörten wir hinter uns das markdurchdringende Jaulen seines Hundes; das seltsame Tier kam uns jedoch nicht zu nahe, denn in dem Moment, als es nur noch ein paar Schritte von uns entfernt war, stieß der Mann wieder einen kehligen Laut aus, der Hund stellte sich auf die Hinterbeine, stelzte drohend um die Pferde herum, hob dann die Schnauze zum Himmel und kehrte zu seinem Meister zurück.

Nach einer Weile, als wir bereits den Bergrücken hinaufritten, hörten wir ein weniger schrilles, dafür aber umso tieferes Jaulen, das uns trotzdem zusammenzucken ließ, denn wir hatten den Mann und seinen Hund bereits weit hinter uns gelassen. Diesmal war es der Wind, der heulend durch die düstere Hohlgasse zwischen den Bäumen pfiff.

Es dauerte nicht lange, und die ersten nächtlichen Schatten krochen über den Berg; nach und nach wurde alles um uns herum finster und eng wie ein einsames Herz – wie das steinerne Herz dieser Gegend, die in ihrer unerdenklichen Trostlosigkeit alles Menschliche bis zur letzten Faser zersetzt hat.

Clifton, zu dessen kleiner Estanzia am oberen Baker wir unterwegs waren, erklärte oder zeigte nie etwas. Er ließ die Dinge für sich selbst sprechen, und nur wenn dies nicht der Fall war, griff er ein und erzählte, was er über den See, über das Tier oder über den Berg wusste, den wir überquert hatten. Ich weiß nicht, ob es Weisheit war oder ob es seiner Natur entsprach, jedenfalls verstand man auf diese Weise die Dinge besser und vergaß sie nicht so leicht.

Als wir den ersten Gebirgsausläufer des Tals hinter uns ließen und in eine weite Hügellandschaft gelangten, wo wir einen dichten Krüppeleichenwald durchqueren mussten, war es so dunkel geworden, dass wir beschlossen, unser Nachtlager aufzuschlagen. Clifton, in der Pampa zu Hause, machte ein prasselndes Feuer, und wir setzten uns, um unser Dörrfleisch zu essen, das wir an den Sattelriemen befestigt hatten. Als wir den Tee in unseren Blechnäpfen aufbrühten, fragte er mich unvermittelt: »Worauf führst du den Zustand jenes Mannes zurück, den wir im Tal unten getroffen haben?«

Clifton kam immer direkt zur Sache, so als habe man sich schon zu Genüge darüber unterhalten und brauche nur die Schlüsse zu ziehen.

»Auf eine von der Natur hervorgerufene Desintegration«, antwortete ich, möglichst um Genauigkeit bemüht. Als mir jedoch bewusst wurde, wie pedantisch das klang, fügte ich fast entschuldigend hinzu: »Ich habe einmal drei Tage auf einem Felsen gekauert, und als man mich schließlich rettete, konnte ich nur noch krabbeln wie ein Krebs.«

»Das, was du Desintegration nennst, habe ich selbst auch schon erlebt«, fuhr Clifton fort. Er sprach das Wort aus, als kaue er an einem faden Grashalm herum. »Zuerst wird man von der Natur desintegriert, dann integriert sie einen wie eines ihrer Elemente. In der ersten Phase löst man sich scheinbar auf, manche gehen dabei zugrunde, und in der zweiten wird man mit neuer Kraft wiedergeboren; so selektiert und zerstört die Natur vielleicht, wie es ihr am zweckmäßigsten erscheint. In meinen jungen Jahren ist mir das einmal widerfahren; ich verbrachte drei Jahre ganz allein auf einem Schafposten in Feuerland, in der Nähe des Fagnano-Sees. Es war, als hätte ich aufgehört, ich selbst zu sein. Zuerst verlor ich die Fähigkeit zu lesen. Was in den Büchern stand, kam mir eitel und bedeutungslos vor, das Geräusch eines zu Boden fallenden Blattes war mir wichtiger als Platos tiefgründigste Gedanken. Mit der Zeit hörte ich auf, nachzudenken und beinahe überhaupt zu denken. Ich war wie ausgelöscht. Es war schrecklich. Eines Tages wurde mir klar, dass die Gedanken, die meinem Geist entwichen waren, allmählich durch andere ersetzt wurden, und ich begann wieder zu leben, aber erst nach einer grundlegenden Umwandlung meiner geistigen Fähigkeiten. Das hatte zur Folge, dass die Dinge gewissermaßen einen verborgenen Wert bekamen. Zum Beispiel war ein Stück Moos für mich nicht mehr nur ein schwärzlich grünes Gewächs, das auf Steinen wuchs, sondern etwas viel Wertvolleres, das mich durch mein Leben begleitete wie mein Pferd oder mein Hund. Von der unbestimmten Furcht, die die hereinbrechende Nacht in mir wachrief, bis zum Jubel des anbrechenden Tages, den ich bisher nur im Gesang der Vögel wahrgenommen hatte, war alles in der Natur vorhanden, und ich hatte keine Augen, keine Ohren und keinen Verstand besessen, es zu sehen, zu hören und zu begreifen.

Ich musste weg von jenem Ort, und es kostete mich unmenschliche Anstrengungen, wieder ein Buch aufzuschlagen und in mir das Licht zu entzünden, das nur zwischen den vier Wänden eines Hauses leuchtet. Wie könnten wir der Natur die Zivilisation bringen und der

Zivilisation die Natur? Wenn du wüsstest, was es bedeutet, in einer trostlosen Einöde vier Wände um sich zu haben und an einem wärmenden Ofen zu sitzen!«

Clifton und ich kannten uns seit unserer Kindheit in Punta Arenas. Wir hatten zusammen auf einer Estanzia im Osten Feuerlands gearbeitet, und so wie er lebte, sprach er auch: Er konnte plötzlich den erstbesten Weg einschlagen, und oft wusste er selbst nicht, wohin er ihn führte. Hinzu kam seine Eigenart, über die Dinge zu reden, als verfüge jeder über dasselbe Wissen wie er. Darum musste ich ihn ein bisschen bremsen und auf das Thema zurückbringen, das er völlig vergessen zu haben schien.

»Und was ist mit dem Mann aus dem Tal und seinem merkwürdigen Hund?«

»Ach so, was dem alten Vidal passiert ist, ist etwas mehr als eine Desintegration«, sagte er nachdenklich, während er mit leiser Ironie an diesem nun auch für mich reichlich fade klingenden Wort herumkaute. »Das mit dem Hund kann ich mir auch nicht erklären«, fuhr er fort, »im Museum der Salesianer in Punta Arenas gibt es die Nachbildung eines Pferdes, dessen Fell genau dem eines Guanakos gleicht; es ist ein Guanako-Pferd. Aber ich glaube nicht, dass eine Kreuzung zwischen Hund und Robbe möglich ist, was man bei diesem Geschöpf annehmen könnte. So wie der Fagnano-See meine Denkweise verändert hat, kann die Natur hier, in der selbst Gott nicht mehr derselbe zu sein scheint, Generationen von Hunden modifiziert haben, bis schließlich dieser seltsame ›Stammbaum‹ dabei herausgekommen ist. Ich habe einmal auf einer der Inseln im Moraleda-Kanal eine ganze Schar Mäuse gesehen, die sich ins Wasser stürzten, um Krebse und Fische zu fangen; und sie haben sich mit dem

Schwanz an die Baumzweige geklammert und Vögel gefangen. Ihr Schwanz war ungewöhnlich lang, und ihre Füße waren wie Flossen. Wie sind diese Mäuse dorthin gelangt? Niemand weiß es, wie auch niemand weiß, auf welche Weise die Indianer vom Stamm der Yaghan bis an den Beagle-Kanal gelangt sind. Wenn sie, wie es heißt, im Einbaum von Ozeanien bis zum Kap Hoorn getrieben worden sind, dann könnten auch die Mäuse in einem leeren Benzinkanister, den ein Schiffbrüchiger ins Meer geworfen hat, von der unwirtlichen Insel Moraleda dorthin gelangt sein. Es gibt Wissenschaftler, die behaupten, dass Seehund, Seelöwe, Seekuh und Walross von ihren Artgenossen auf dem Festland abstammen, die sich abgespalten und wieder ins Meeresleben integriert haben. Mich würde es im Übrigen nicht wundern, wenn die berühmten Seepferde, die manch einer im Schaum der Wellen gesehen haben will, durch dieses gottverlassene Tal galoppierten. Vergiss nicht, dass in diesem Land alles möglich ist. Hat es nicht sogar deutsche Expeditionen gegeben, die landeinwärts dem Baker gefolgt sind, weil dort noch der Plesiosaurus leben soll?«

Ich sah, dass Clifton gänzlich von unserem Thema abgekommen war und sich auf dem weiten Feld seiner Gedanken zahllose Wege aufgetan hatten, auf die er sich offenbar lustvoll stürzte, um immer wieder neue zu entdecken, die von einem zum Himmel ragenden Stamm abzweigten wie Äste im Wald. Aus diesem Wald, in dem er sich gleich hoffnungslos verirren würde, führte ich ihn diesmal etwas unsanft hinaus.

»Schön und gut«, sagte ich, »aber du hast mir immer noch nicht erzählt, was es mit jenem Mann im Tal auf sich hat.«

»Ach so, der alte Vidal«, sagte Clifton. »Er hat viele Jahre in Patagonien gearbeitet mit einem einzigen Ziel vor Augen: frei zu sein und ein eigenes Stück Land zu bestellen. Aber du weißt ja, im ganzen südlichen Zipfel Chiles gibt es keinen einzigen Streifen Land, der nicht den großen Rindergesellschaften gehört. Vidal hatte aber von einem Tal reden hören, das Holzfäller am Oberlauf des Rio Baker entdeckt hatten, und nachdem er es sich angesehen hatte, investierte er seine in diesen Jahren harter Arbeit mit den Schafen und auf dem Bau zurückgelegten Ersparnisse in eine kleine Estanzia von acht- bis zehntausend Tieren.

Unter großen Opfern trieb er die erste Herde auf sein Land und konnte nun mit der Zucht beginnen. Gras wuchs reichlich, und alles schien sich bestens anzulassen. Er ließ seine Frau und seine vier Kinder nachkommen und gründete mit sechs oder sieben Knechten und Schafhirten eine kleine Kolonie, deren rote Dächer wie Streichholzschachteln leuchteten, die auf den Weiden schwammen.

Für ihn war es das Gelobte Land. Die Schafwolle brachte er mit Maultieren vom Oberlauf des Baker nach Puerto Aysén oder Comodoro Rivadavia. Er beabsichtigte, mit dem Holz der Zypressen, die am Nordufer des Flusses wuchsen, große Kähne zu bauen und damit seine Waren zum Messier-Kanal zu transportieren, wo die Schiffe anlegen, die von der Magellanstraße zum Golfo de Penas fahren. Er kam jedoch nie dazu, seine Zypressenkähne zu bauen. Hätte er es geschafft, wäre er vermutlich nicht das, was er geworden ist.

Einen Sommer lang brannte die Sonne wie nie zuvor. Der Schnee schmolz bis zur ewigen Kruste des

Eises. Vidal kehrte vom Oberlauf des Baker zurück, wo er einen Teil seiner Wolle gelagert hatte. Als er sein Tal erreichte, bot sich seinen Augen ein entsetzlicher Anblick. Alles war verwüstet. Das Gras lag flach am Boden, und darauf verstreut die Leichen seiner Frau und seiner Kinder sowie die seiner Hirten und Knechte, bereits verwest und von den Kondoren angefressen, die in Schwärmen über das Tal hergefallen waren. Die Häuser waren bis auf die Grundmauern fortgeschwemmt und zertrümmert worden, als wären es die Streichholzschachteln, denen sie aus der Ferne so ähnlich gesehen hatten. Die meisten Schafe waren verschwunden, die paar übrig gebliebenen lagen mit den Hunden und Pferden ebenfalls tot auf den Weiden und bezeugten das Ausmaß der Katastrophe.«

Clifton stocherte mit einem angesengten Scheit im Feuer und starrte eine Weile stumm in die flackernden Flammen, deren Tanz aus Licht und Schatten die dunkle Masse des Eichenwalds dehnte und zusammenzog.

»Die Maultiertreiber, die ihn begleiteten, erzählten, er habe auf der Stelle die Sprache verloren«, fuhr Clifton fort, »aber ich habe einige Zeit später mit ihm reden können, und obwohl er stark stotterte, verstand ich deutlich, was er mir sagen wollte. Jetzt hat er die Sprache offenbar endgültig verloren, und, wie du selbst festgestellt hast, auch sein Gedächtnis, denn er hat mich nicht mehr erkannt. Ob er den Verstand verloren hat, ich weiß es nicht, jedenfalls ist er unmöglich dazu zu bewegen, das Tal zu verlassen. Er hat sich aus ein paar Wellblechresten die rostige Hütte gebaut, die man von der Höhe aus sehen kann, und streift nun mit diesem merkwürdigen Pudel an seiner Seite wie ein Schatten durch die

Gegend, und niemand weiß, wie und wovon er eigentlich lebt.

Bleibt dieser Mann mit dem Strick des Unheils an das Tal gefesselt, um dort das Ende seiner Tage zu erwarten? Ist es die Liebe zu seiner toten Frau, zu seinen Kindern oder zu seiner verschwundenen Hazienda, die ihn für immer an dieses Tal bindet?

Wer weiß schon, was in einem vom Schicksal so grausam geprüften Herzen vor sich geht«, sagte Clifton nachdenklich. »Vidals Verhalten verwundert mich nicht, wenn ich an einen Fischer zurückdenke, dem ich einst begegnet bin, der jeden Abend sein Essen ans Meer trug und es an genau jener Stelle in die Fluten warf, an der seine Frau ertrunken war. Jeden Abend saß er dort und wartete eine Weile, bevor er das Essen ins Wasser warf, als hege er die Hoffnung, sie dort wieder auftauchen zu sehen; dann warf er glücklich die Scheiben Brot ins Meer und schaufelte mit einem Löffel das Essen aus dem Napf, als füttere er den geliebten Mund.«

Clifton stocherte wieder im Feuer und starrte gedankenverloren vor sich hin. Der Widerschein der Flammen spiegelte sich in seinen grünen Augen wie ein glitzernder Strom, der sich manchmal verfinstert, verdunkelt von einer vorüberziehenden Wolke. Ich respektierte sein Schweigen, doch es zog sich so in die Länge, dass ich fürchtete, er halte seine Erzählung für beendet. Setzte Clifton in seiner kuriosen Art etwa voraus, dass ich über Vidals zerstörte Estanzia Bescheid wusste? Ich ertrug sein Schweigen nicht länger und riss ihn aus seiner Versunkenheit.

»Hatte die Katastrophe mit dem alten Gletscherbett zu tun?«, fragte ich.

»Mit dem Gletscherbett?«, rief Clifton aus.

Ich sah, dass er noch nicht ganz bei der Sache war, und fügte daher hinzu: »Eine Sturmflut vom Meer her vielleicht?«

»Nein. Das Meer ist viel zu weit entfernt.«

»Vergiss nicht«, sagte ich, »dass sich das Meer bei Última Esperanza fast bis an die patagonische Pampa heranfrisst.«

»Ja«, entgegnete er, »aber der Meerbusen von Última Esperanza hat eine ganz andere Formation. Er ist vielleicht durch die gleichen Naturgewalten entstanden, die dazu geführt haben, dass die Magellanstraße die Schwanzspitze des amerikanischen Kontinents abzwackte und die Andenkordillere bis zum Atlantik durchschnitt. Aber was hier am Baker geschah, ist unwesentlich im Vergleich zu jenen vorzeitlichen Kräften. Das Unglück im Bett dieses alten Gletschers ist auf eine Überschwemmung zurückzuführen, die von Zeit zu Zeit das ganze Tal unter Wasser setzt. Manchmal vergehen vier Jahre oder mehr, ohne dass etwas passiert. Doch dann, wenn man es am allerwenigsten erwartet, wälzen sich meterhohe Wassermassen durch das Bett. Wenn sie wieder abschwellen, reißen sie alles mit sich, was sie beim Anschwellen nicht zerstört haben, denn die Strömung ist ebenso gewaltig wie beim Eindringen ins Tal, bis das Wasser schließlich wieder auf den Flusspegel sinkt.

Ich habe mir das Phänomen erst erklären können, nachdem ich beobachtet habe, was sich an einigen Zuflüssen am nördlichen Baker ereignet. Wenn die Winter streng und die Sommer warm sind, kommt es zu Überschwemmungen und Geröllablagerungen, große Bäume werden fortgerissen, Eichen und Zypressen verhaken sich in den Schluchten, durch die die Flüsse zu Tal rauschen, und bilden hohe Staudämme, die dann eines Tages bersten, und die entfesselten Fluten ergießen sich in die tiefer gelegenen Täler und Buchten. Genau wie der Baker, der sich ebenfalls durch tiefe Schluchten frisst.

Das Gleiche ist im alten Gletscherbett passiert. Der in der Nähe vorbeifließende Zufluss des Baker häufte über lange Zeit sein Geröll an, eine ungewöhnliche Schneeschmelze erhöhte den Wasserdruck, und eines Tages brach der Damm und riss alles mit sich.«

»Hat seither niemand es gewagt, das Tal wieder zu besiedeln?«, fragte ich.

»Niemand«, sagte Clifton. »Von der Magellanstraße bis zum Golfo de Penas gibt es zwischen den zahllosen Kanälen und Fjorden viele wunderbare Weideflächen, doch kein Mensch wohnt dort. Es ist vergessenes Land.«

Eisberg unter Wasser

Ein Mann im grauen Staubmantel kam aus dem Wärterhäuschen auf der Mole auf mich zu und fragte mich: »Suchst du Arbeit auf Navarino?«

»Navarino?«, antwortete ich und versuchte mich zu erinnern.

»Ja, Navarino«, wiederholte er. »Die große Insel südlich des Beagle-Kanals. Dort suchen sie jemand, der überall mit anpackt.«

Es war an einem dieser Tage, an denen man das nächstbeste Schiff nach Irgendwo nehmen möchte. Ich schlenderte die Hafenpromenade entlang und fühlte mich, als ginge ich neben mir her – wie die Wolkenfetzen, die nach einem Sturm am Himmel treiben und sich mit dem ersten Wind verflüchtigen. Also kam mir der Vorschlag gelegen.

In mir hatte auch so etwas wie ein Sturm gewütet. Ein Sturm, der in meinem Geiste das Bild einer Frau hinterlassen hatte und in meinem Herzen einen Wermutstropfen, der von Zeit zu Zeit in meine Blutbahn sickerte und durch meine Glieder floss.

Als ich den Vertrag unterschrieb, verspürte ich daher nicht die Freude, die ich sonst empfand, wenn ich meinem Leben wieder einmal eine neue Richtung gegeben hatte. Ich war frei und ungebunden. Vielleicht ließ ich für immer etwas zurück, wenn ich das Fegefeuer des

Müßiggangs verließ und mich noch etwas betäubt einem dunklen Ziel zuwandte, das mich bewogen hatte, das Angebot auf Navarino anzunehmen.

Die verschneite Mole von Punta Arenas ragte wie ein weißer Schatten ins Meer und in die Nacht. Am Ufer lag das Versorgungsschiff, die *Micalvi,* und wartete mit rauchendem Schlot nur noch auf das Verfrachten einer Expedition von Goldsuchern, die nach Lennox und Picton fuhren. Das Kreischen der Winden vermischte sich mit den Stimmen der Männer, unter denen ich ein paar Betrunkene entdeckte, die klüger waren als ich und mit einem ordentlichen Schuss Alkohol im Blut ein Leben gegen ein anderes tauschten.

Drei Kerle überwachten das Verladen von Gerät und Lebensmitteln; ihre nagelneue Lederkleidung und ihre wirren Befehle verrieten die Unerfahrenheit von Stadtmenschen, die mit solchen Arbeiten nicht vertraut sind. Ihre Stimmen klangen schrill, aufgeregt und gereizt, und von den etwa dreißig Arbeitern hörte man mehr als nur eine gemurmelte Verwünschung angesichts der Unsicherheit und Unentschlossenheit des Expeditionsleiters.

Die Matrosen betrachteten das laute Einschiffen der Goldsucher ziemlich gleichgültig, und manch einer lächelte beim Gedanken an andere Expeditionen, die er ebenso hoffnungsvoll wie diese hatte aufbrechen sehen und die, obwohl viel besser ausgerüstet, dezimiert, mittellos und von Hunger, Streit und Gier nach dem Besitz des edlen Metalls verzehrt, zurückgekehrt waren.

Um neun heulte die Schiffssirene vorschriftsmäßig zum dritten Mal; das Schiff lockerte die Verholleinen und löste sich langsam von der Mole, drehte sich um seinen Anker und richtete den Bug nach Südwest. Die Stadt blieb wie ein Lichterdiadem am Rand der Meerenge hinter uns zurück.

Außer den aufgeregten Goldsuchern, die endlos ihre Sachen verstauten, waren noch Siedler von den Inseln an Bord sowie ein paar Holzfäller, die das Versorgungsschiff in den abgelegensten und stillsten Buchten absetzen würde. Ich stand etwas abseits auf Deck, stützte mich auf der Reling auf und pfiff ein Liedchen, das stets angenehme Erinnerungen in mir wachruft, Empfindungen und Farben, die wie bengalische Lichter in der Weihnachtsnacht einer fernen Kindheit aufleuchteten.

Das Schiff stampfte wie ein schweres, bleiernes Ungeheuer durch die Nacht, riss eine weiße Wunde ins Meer und ließ einen sich verflüchtigenden Widerschein hinter sich zurück. Das eintönige Keuchen der Maschinen passte zum Takt meines Liedchens, und auf diese Weise miteinander verbunden, tauchten wir in das finstere Element ein.

Gegen Mitternacht streifte mich der Schlaf mit seinen Krähenschwingen. Wahrscheinlich war ich nur auf Deck geblieben, um nicht in der dritten Klasse in einer engen Kabine wach liegen zu müssen. Ich stieg also ins Zwischendeck hinunter.

Die dritte Klasse ist überall dieselbe, zu Land wie zu Wasser, und die Menschen, die zu ihr gehören, sind auch überall gleich. Wir bilden eine Art Grenze der Menschheit; so etwas wie die Erdkruste, die Oberfläche, die den Elementen und dem Licht der Sterne ausgesetzt ist, während sich die schattige Kugel dreht und dreht, um nicht in die Nacht der Unendlichkeit zu stürzen.

Die dritte Klasse der *Micalvi* bestätigte die Regel. Über dem vorderen Laderaum gelegen, wirkte sie mit ihren eisernen doppelstöckigen Pritschen eher wie ein Gefängnis, und vielleicht war es diese Ähnlichkeit, die mir einen Ratschlag in Erinnerung rief, den mir einmal ein Sträfling gegeben hatte: Anstatt den Strohsack als Matratze zu benutzen, legte ich ihn über mich und schlief ein.

Als wir am nächsten Morgen erwachten, steuerten wir bereits durch die Kanäle, die in den nordwestlichen Arm des Beagle münden. Die Luft war so klar, wie ich es selten erlebt hatte. Die Berge, zwischen denen wir hindurchfuhren, ragten mit ihren weißen, vom Wind glatt gefegten Buckeln wie riesige Meeresungeheuer aus dem Wasser. An einer Stelle öffnete sich der Kanal und ließ die brodelnden Wellen des Pazifischen Ozeans herein, die das Schiff von Steuerbord nach Backbord wiegten, um dann in aufspritzenden Gischtgarben an den Klippen zu zerschellen. Die Goldsucher schlenderten auf Deck hin und her; sie waren jetzt ruhiger und eher schweigsam. Ein paar reiche Siedler mit ihren Frauen und Töchtern standen auf der Brücke und plauderten mit den Offizieren. In den Korridoren drängten sich dunkle anonyme Gestalten, doch ich flüchtete mich an Deck und setzte mich im Bug in die Nähe einer Vierergruppe, aus der ein riesiger Mann mit einem eckigen Schädel herausragte, dessen Augen und Mund hinter einem Gestrüpp aus Haaren verborgen waren. Wie ich später erfuhr, war er einer der reichsten Rinderzüchter der Beagle-Region, ein Jugoslawe, der sich unter den Arbeitern wohler fühlte als bei den Offizieren.

Die Männer standen stumm da, als hätten sie eben ein Gespräch unterbrochen, doch plötzlich hob der riesige Jugoslawe den Arm langsam wie einen Kranausleger;

während er auf die Felsen am Ufer zeigte, sagte er mit tiefer heiserer Stimme: »Auf dem Felsen dort habe ich einmal acht ganze Tage zugebracht!«

Seine Stimme klang dröhnend, aber er stotterte leicht und dehnte das »s«, sodass ein »sch« daraus wurde, was sich anhörte wie das Stammeln eines kleinen Kindes. Es hörte sich eher befremdend als komisch an.

»Bin fast gestorben, habe bloß jeden Tag zwanzig rohe Bohnen gegessen«, fuhr er fort. »Auf dem Festland wohnen Indianer, aber kein einziger hat sich blicken lassen.«

Dann verstummte er. Die Männer schwiegen ehrfürchtig, wandten den Blick vom Felsen und verharrten in ihrer steifen Haltung.

In krassem Gegensatz zu der stummen Nüchternheit schimpfte auf der Brücke ein hagerer dunkelhäutiger Mann von mittlerer Statur auf einen Offizier ein.

»*Puorco madonna!*«, schrie er in einem Gemisch aus Italienisch und Spanisch. »*A vosotro qué interesare, pasaje, cobra chipe! Ío me arregla solo, ío no más soportare tuto lo que viniere! Puorco madonna!* Alles, was euch kümmert, ist die Kohle. Also werde ich mir eben allein zu helfen wissen. Ich habe die Nase voll von diesem Bordell!«

Der Offizier bewahrte unerschütterliche Ruhe, während sein Gegenüber gestikulierte, als wolle er sich auf ihn stürzen. Der Mann war ein bekannter Robbenfänger, Pascualini mit Namen, er stammte aus Neapel und war in der Gegend für seine legendären Abenteuer berühmt, vor allem aber, weil er dem Anarchisten Radowisky, der Oberst Falcón in Buenos Aires »liquidiert« hatte, zur Flucht aus dem Gefängnis von Ushuaia verholfen hatte. Er protestierte, weil man ihm nicht erlauben wollte, auf der Stelle von Bord zu gehen.

Der Offizier ließ sich schließlich erweichen, und das Schiff drosselte seine Geschwindigkeit. Der Italiener ließ sein Boot von höchstens vier Metern Kiellänge zu Wasser, warf einen Sack mit Lebensmitteln hinterher, band eines der Ruder als Mast an der Mittelbank fest, zog an einer aus einem Besenstiel gefertigten Rahe ein Bettlaken als Segel auf, nahm den anderen Riemen als Steuerruder in die Hand und legte mit einem schallenden »Addio« ab, ruderte, den Südwestwind im Rücken, auf das Ufer zu.

»Er ist ein Vagabund der Meere«, sagte einer. »Er lebt eine Zeit lang bei den Indianern, und eines schönen Tages kreuzt er vor einem Schiff auf, lässt es wie jetzt anhalten und bringt seine Otter- und Robbenfelle an Bord.«

Während ihrer dreitägigen Fahrt setzte die *Micalvi* an verschiedenen Stellen Ladung ab. Die Goldsucher blieben auf Lennox, und ich war der letzte Passagier, der, nachdem das Schiff die Insel Navarino fast ganz umfahren hatte, in Puerto Robalo von Bord ging.

Puerto Robalo liegt am Fuß eines Gebirgsmassivs, das beinah senkrecht ins Meer abfällt, sodass der schmale Küstenstreifen wie ein Refugium für Zwerge in einem Land von Zyklopen wirkt. Der Beagle-Kanal, der nicht weit entfernt in den Atlantik mündet, weist an dieser Stelle aufgrund einer felsigen Verwerfung eine merkwürdige Strömung auf; die Wasser kreuzen sich, fließen ineinander und bilden bei Flut gewaltig strudelnde Wirbel.

Am Hafen wartete Harberton auf mich, ein groß gewachsener alter Mann mit einem gegerbten Gesicht, zerfurcht wie Eichenrinde. Er trug eine weite schwarze Jacke aus grobem Tuch, die vom Alter moosgrün glänzte. Ein Hut aus dem gleichen Material mit einer breiten, nach oben gebogenen Krempe verlieh ihm das Aussehen eines protestantischen Pastors.

»Guten Tag«, sagte er mit tonloser Stimme, als würden wir uns seit jeher kennen.

Er führte mich zu seinem Haus am Rande eines Eichenwäldchens. Es war aus groben halben Rundstämmen gebaut und hatte ein Wellblechdach. Drinnen traf ich eine Indiofrau an und vier Kinder.

Meine Arbeit bestand darin, beim Hüten von zweitausend Schafen zu helfen, ein paar Kühe zusammenzutreiben, ab und zu ein Gespann Ochsen anzuschirren, die Wurfnetze einzuholen, wenn die Küche mit Fisch versorgt werden musste, und aus noch ein paar anderen Kleinigkeiten.

Die Arbeit war leicht, und ich merkte bald, dass meine Anwesenheit eigentlich überflüssig war, denn Harberton erledigte fast alles mit unerschütterlicher Ruhe selbst.

Was hingegen die Gegend betraf, änderte ich meine Meinung schnell. Die Arbeit war geradezu ein Kinderspiel, sodass ich viel freie Zeit zur Verfügung hatte. Ich molk die Kühe, hackte Holz im Wald, stieg auf die Berge, um verirrtes Vieh zu suchen, und wenn ich in den frühen Morgenstunden das Netz einholte, freute ich mich über die silbrig glänzenden, wie lauter Armstummel auf den Planken der Schute zappelnden Seebarsche.

In der ersten Zeit lief alles bestens auf jenem idyllischen Flecken Erde.

In der ersten Zeit, denn ich wurde erst nach zwei oder drei Wochen des sonderbaren Einflusses gewahr, der mich nach und nach in Schwermut stürzte. Harberton redete kaum ein Wort mit mir. Nachdem er mir seine Anweisungen gegeben, die Wege gezeigt und die Arbeiten zwischen uns aufgeteilt hatte, hüllte er sich in undurchdringliches Schweigen. Seine Frau und seine Kinder schienen daran gewöhnt zu sein; mich jedoch belastete die Gegenwart dieses schweigsamen Mannes.

Er stand bei Tagesanbruch auf, packte etwas Dörrfleisch oder Räucherfisch, Brot und Zwiebeln in seinen Segeltuchbeutel und machte sich auf in die Berge, von wo er erst bei Einbruch der Nacht zurückkehrte.

Einmal war er bei einem Schneesturm nicht nach Hause gekommen, also machte ich mich am nächsten Morgen auf die Suche nach ihm, weil ich befürchtete, es könnte ihm etwas zugestoßen sein. Ich fand ihn auf einem der höchsten Gipfel, wo er im Schutz einer Felshöhle Zuflucht gesucht hatte; er saß ruhig dort, rauchte seine Häuptlingspfeife und hielt den Blick starr auf den Horizont gerichtet. In der Tiefe zog sich der Beagle wie eine grüne, mit Schaumblüten gesprenkelte Straße dahin, und alles darum herum lag unter einer weißen Decke. Die letzten Andenausläufer ragten wie anluvende Halbmonde ins Meer, und die Insel Navarino schien der Anfang einer anderen, einer fremden weißen Welt zu sein.

Die Indianerin redete auch nicht; wenn die Hausarbeit erledigt war, hockte sie auf den Fersen in einer Ecke, ein Kind zwischen den Falten ihres Rocks. Der älteste Junge war etwa elf Jahre alt, er war der Sohn von Harbertons erster Frau; zwei andere waren von seiner zweiten Frau, und das vierte Kind war von der dritten. Die beiden ersten Frauen, ebenfalls Yaghans, waren gestorben; das Schicksal, das die Frauen dieser Rasse verfolgt, die einen Weißen zum Mann nehmen, hatte sich erfüllt.

Meine Rettung waren die Kinder. Ich stellte eine Schiefertafel her und brachte ihnen mit einem kreideähnlichen

Stein Schreiben und Lesen bei. Ich hatte ein paar Wind-mühlen in Form von Flugzeugen gebastelt, deren ver-zahnte Propeller leise dröhnten wie Motoren, ich ließ sie davor antreten und einfache Turnübungen, kurze Rennen und Spiele machen.

Nach und nach bildete ich mit ihnen ein kleines, ge-sundes, fröhliches Grüppchen, das etwas Heiterkeit in die Monotonie des Alltags brachte.

»Vater spricht nie«, sagte eines Tages der Älteste.

»Doch, er spricht«, antwortete ich. »Er spricht mit den Bäumen, mit den Wolken, mit den Steinen.«

Der Junge lachte, und ich konnte nicht anders, als in sein Lachen einzustimmen, obwohl mir eher nach dem Gegenteil zumute war.

»Was ist mit diesem Mann nur los?« Die Frage stellte sich mir immer drängender. Nicht aus Neugier wollte ich wissen, was der Mann in seinem Innern verbarg, ob es vielleicht nichts anderes war als Dummheit oder Alters-müdigkeit. Und auch nicht aus verletzter Eitelkeit, son-dern ich wünschte mir schlicht, mit einem vernünftigen Wesen zu sprechen. Und er war das einzige vernünftige Wesen weit und breit, doch er verweigerte mir dieses un-schätzbare Geschenk!

Eines Tages jedoch beschloss ich, mich von meinen Zwangsvorstellungen zu befreien, und traf eine Entschei-dung: »Dieser Mann ist nicht ganz bei Trost«, sagte ich mir, »die Einsamkeit, die Stille und was weiß ich haben ihn verrückt gemacht; wenn ich bleibe, werde ich ebenso verrückt wie er; also verschwinde ich mit der erstbesten Gelegenheit, die sich mir bietet.«

Nach Puerto Robalo kam aber nicht einmal ein leckes Indianerkanu. Nur das Versorgungsschiff der chilenischen

Marine lief den Hafen alle drei oder vier Monate vorschriftsgemäß an, aber es war schon seit fünf Monaten nicht mehr vorbeigekommen.

Das Schicksal, das oft dafür sorgt, dass des einen Unglück des anderen Glück ist, wollte es, dass ein im Sturm beschädigter Schoner in der Bucht von Puerto Robalo ankerte. Er war auf dem Weg nach Ushuaia, und von der Funkstation Wulaia hatte man erfahren, dass sich das Versorgungsschiff für den kommenden Montag angekündigt hatte. Jetzt war schon Freitag.

Ich teilte Harberton meinen Entschluss mit, und er legte mir am Sonntagabend im Licht einer Paraffinlampe eine korrekte Lohnabrechnung vor.

Ich verabschiedete mich am Abend von den Bewohnern und ging zu Bett, dachte glücklich an den kommenden Tag, an dem ich dieses zerklüftete Land aus im Meer versunkenen Bergen verlassen würde, vor allem aber diesen sonderbaren Mann, der in seinem Schweigen versunken war wie ein Eisberg, der nur den siebten Teil seiner Größe zeigt, obendrein noch so zerfurcht und versteinert wie die Natur um ihn herum.

Das bläuliche Licht des anbrechenden Tages drang durch die Fensterritzen meiner Kammer. Als ich aufstehen wollte, stellte ich fest, dass ich mit dicken Seilen an das hölzerne Bettgestell gefesselt war. Während ich tief schlief, hatte jemand die Stricke um meine Glieder verknotet, und ich war nun gefangen wie ein Indianersäugling in seiner Rückentrage.

Ich zerrte an den Seilen, so heftig ich konnte, ich rief und schrie: ohne Erfolg. Ich lag hilflos da, schwankte zwischen ohnmächtiger Wut und resignierter Niedergeschlagenheit, doch meine Verzweiflung wuchs ins Unermessliche, als ich am späteren Vormittag das dröhnende Tuten des Versorgungsschiffs hörte, das seine Einfahrt in den Hafen ankündigte.

Nur einmal in meinem Leben war ich in einer ähnlich verzweifelten Lage gewesen, mit sechzehn, als ich wegen des Verrats eines älteren Bruders in meinem Zimmer eingesperrt worden war und durch das Fenster das Tuten des Schiffes vernahm, mit dem ich von zu Hause ausreißen wollte. Seitdem zucke ich jedes Mal zusammen, wenn ich das vorschriftsmäßige dreimalige Signal eines Schiffes vor dem Ablegen höre.

Etwas später vernahm ich aus dem Nebenzimmer Schritte und Stimmen; es klang nach Streit und Weinen. Plötzlich ertönte der Schrei eines Kindes, und Dino, der älteste Sohn, stürzte mit einem Messer in der Hand in mein Zimmer. Er hatte erfahren, in was für einer Lage ich mich befand, und wollte mir trotz aller Anstrengungen der Mutter, ihn zurückzuhalten, zu Hilfe eilen.

»Zuerst die Hände, Dino!«, rief ich, als er in der Aufregung an meinen Fußfesseln herumzusäbeln begann. Ich war im Handumdrehen frei. Ich umarmte meinen Retter, raffte meine wenigen Habseligkeiten zusammen und rannte los; als ich aus dem Haus stürmte, sah ich flüchtig das verängstigte Gesicht der Yaghana.

Ich rannte wie ein Wahnsinniger den Hang zum Hafen hinunter und schwenkte die Arme, damit das Schiff nicht ohne mich wegfuhr. Zum Glück wurde erst die Schaluppe an den Auslegern herabgelassen. In meiner Aufregung hatte ich nicht bemerkt, dass Harberton am Ufer stand und sie erwartete. Als er mich kommen sah, trat er auf mich zu und sagte mit einer Stimme und einem Blick, die ich nie vergessen werde: »Bleib, geh nicht weg.

Ich werde bald sterben, die Kinder und die Frau sind hilflose Geschöpfe, sie wissen sich allein nicht zu helfen. Die Geier werden sich auf sie stürzen, werden den Hof an sich reißen und sie hinauswerfen. Verzeih, was ich dir angetan habe, aber ich wollte nicht, dass du gehst. Du kannst alles übernehmen und dich weiter um die Kinder kümmern, wie du es bisher getan hast. Ich habe dir das nicht früher gesagt, weil ich dich noch etwas auf die Probe stellen wollte. Seit Jahren suche ich einen Mann wie dich. Geh nicht weg. Ich überschreibe dir den ganzen Besitz. Heirate eine Cousine meiner Frau und bleib!«

Seine Stimme klang rau, und ich hatte den Eindruck, sie zum ersten Mal zu hören. Er war außer Atem vom Sprechen, seine Lippen flatterten, als flehe er zum Himmel, und seine Augen … ich werde seinen Blick nie mehr vergessen.

Ich zögerte, wie ich schon so oft in meinem Leben gezögert hatte. Ich schaute in sein wie Eichenrinde zerfurchtes Gesicht; ich dachte an sein dumpfes Schweigen und sah zum Felsen hinauf, auf dem vom Wind zerzauste Bäume ihre Äste ausstreckten wie bettelnde Arme. Ich blickte zum Schiff mit seinem qualmenden Schornstein, blickte zur Schaluppe, die sich dem Ufer näherte … Und wie immer, wenn ich unentschlossen bin, entschied ich mich für die Seite, auf der in jenem Moment mein Herz war. Und auf dieser Seite wartete das Schiff.

Als ich bei der Rückkehr in Punta Arenas über die Zollbrücke ging, trat wieder der kleine Mann im grauen Staubmantel aus dem Wärterhäuschen, auf dessen Vorschlag hin ich die seltsame Reise angetreten hatte.

Als er zielstrebig auf mich zukam, dachte ich schon, er wolle mir wieder die gleiche Frage stellen: »Suchst du eine

Arbeit auf Navarino?« Aber nein, über sein ganzes Kaninchengesicht lachend, fragte er mich: »Hast du es nicht mehr ausgehalten?«

»Nein, ich habe es nicht mehr ausgehalten«, erwiderte ich.

»Genau wie die anderen«, sagte er. »Keiner hat das Versorgungsschiff mehr als einmal wegfahren lassen.« Und er entfernte sich stumpfsinnig lächelnd.

»Ja«, sagte ich zu mir selbst, zwischen Zorn und Verachtung schwankend, während ich ihm nachblickte, »genau wie die anderen, aber keiner hat wie ich den Teil des Eisbergs unter dem Wasser gesehen. Keiner hat geahnt, wie viel Zärtlichkeit unter der Oberfläche dieses Wesens verborgen liegt. Eines Tages werde ich vielleicht nach Puerto Robalo zurückkehren. Dann werde ich reich sein, werde das Schweigen des früheren Besitzers in fröhliche Lebendigkeit verwandeln, und selbst die junge Witwe wird mir dann gefallen; ich werde mit den Kindern, die dann schon junge Burschen sein werden, einen Kutter ausrüsten, so schlank wie ein Albatros, und wir werden durch die Inselwelt kreuzen und wie die Yaghan mit der Harpune Seehunde jagen!«

Doch bis jetzt bin ich noch nicht zurückgekehrt.

Die Schnapsflasche

Zwei Reiter dringen wie zwei schwarze Punkte in die weiße Einsamkeit der verschneiten Pampa. Ihre Wege führen aufeinander zu, und je mehr sie sich einander nähern, desto deutlicher zeichnen sich ihre Umrisse ab. Leichte Unruhe regt sich in ihnen, wie immer, wenn sich zwei Reisende auf einem einsamen Pfad begegnen.

Langsam traben die Pferde auf die Wegkreuzung zu. Einer der Reiter ist ein korpulenter Mann; er trägt ein langes schwarzes Lederwams und reitet einen kräftigen dunkelbraunen Fuchs, der für die rauen Wege Feuerlands wie geschaffen ist. Der andere ist kleiner, hat sich in einen weißen Poncho gehüllt und trägt ein Tuch um den Hals; er reitet einen Rotschimmel mit einem weißen Fleck und führt einen langhaarigen, kleingewachsenen Braunen am Halfter, der unter Ballen von Fuchsfellen beinah verschwindet.

»Hallo!«

»Hallo!«

Der Mann mit dem Lederwams hat ein blasses, pockennarbiges Gesicht, das verwittert ist wie Zaunpfähle, die in der Pampa Wind und Wetter ausgesetzt sind. Der mit dem Poncho hat ein rosiges, fröhliches Gesicht, in dem zwei gerötete, feuchte Äuglein blinzeln, als hätte er eben geweint.

»Gute Ausbeute gehabt?«, fragt der mit dem verwitterten Gesicht gedehnt und wirft einen raschen Seitenblick auf das Lastpferd mit den Fellen.

»Das übliche«, antwortet der Trapper und schaut mit arglos offenem Blick zu seinem Begleiter hinüber, der ihn kurz aus dem Augenwinkel mustert.

Nebeneinander reitend, setzen sie stumm ihren Weg fort. So ist die Einsamkeit der Pampa: grau und niedrig wie der Himmel, der sich so eng an die Erde zu schmiegen scheint, dass jede Spur von Leben dieser tödlichen Stille gewichen ist, die jetzt nur vom Knirschen der Pferdehufe im Schnee unterbrochen wird.

Nach einer Weile hüstelt der Trapper unruhig.

»Magst du einen Schluck?«, fragt er und holt eine Flasche aus seinem wollenen Schulterbeutel.

»Schnaps?«

»Guter Schnaps«, erwidert der Jüngere und reicht ihm die Flasche hinüber.

Der andere entkorkt sie, nimmt bedächtig einen Schluck und räuspert sich. Der Jüngere setzt ebenfalls die Flasche an die Lippen und nimmt einen langen Schluck. Der Schnaps schmeckt ihm offensichtlich. Dann reiten sie stumm nebeneinander weiter.

Der Trapper hüstelt nochmals.

»Kein Windhauch weit und breit«, sagt er, um ein Gespräch anzuknüpfen.

»Mhh, mhh«, knurrt der Mann mit dem Lederwams, als sei er gegen seinen Willen aus seinen Gedanken gerissen worden.

Der Trapper wirft ihm einen eher enttäuschten als traurigen Blick zu. Und als er einsieht, dass der Mann offenbar in Gedanken versunken ist und nicht gestört werden will, lässt er ihn zufrieden und bleibt stumm an seiner Seite, versucht selbst an etwas zu denken, in das er sich versenken kann.

Sie reiten nebeneinander in dieselbe Richtung; die Pferde, die ihre Gangart angeglichen haben, streifen sich fast. Der Braune wirft ab und zu einen Blick auf den Rotschimmel, den dieser sogleich erwidert, und selbst das Lastpferd trippelt etwas schneller, um seine Kameraden einzuholen, wenn es ein Stück zurückbleibt.

Plötzlich erinnert sich der Trapper an ein Bild, das seit zwei Jahren seine Fantasie aufs Vergnüglichste anspornt. Die Schlucke aus der Schnapsflasche beleben jetzt eine Landschaft, die er oft im Geist durchwandert; es ist eine Insel, so grün wie ein Smaragd, drüben, am Ende des Chiloé-Archipels, und mitten auf der Insel die weiße Schürze Elviras, seiner Verlobten, die sich zwischen Meer und Wald hebt und senkt wie der Flügel einer Möwe oder der schaumige Kamm einer Welle. Wie oft hat dieser Tagtraum ihn sogar die Füchse vergessen lassen, wenn er durch die Landschaften galoppierte, wo er seine Fallen aufgestellt hatte! Wie oft war er, von einer seltsamen Unruhe gepackt, mit seinen Pferden auf Hügel und Berge geritten, denn je höher er stieg, desto näher war er jenem geliebten Ort!

Ganz anderer Art sind die Bilder, die der Schluck Schnaps in den Gedanken des anderen hervorgerufen hat. Wie eine lästige Schmeißfliege, die sich nicht vertreiben lässt, kreist eine Erinnerung im Kopf des Mannes, und zusammen mit dieser Erinnerung kommt auch ein bedrückender Gedanke, der ihn wie ein Sog in einen Abgrund zieht. Er hatte sich geschworen, nie wieder zu trinken, sowohl des einen als auch des anderen wegen, doch es ist so kalt, und die Aufforderung kam so überraschend, dass er wieder darauf hereingefallen ist.

Der Ursprung der quälenden Erinnerung liegt mehr als fünf Jahre zurück. Gerade so viele, wie er im Gefängnis hätte zubringen müssen, hätte die Polizei den Täter des an dem Österreicher Bevan begangenen Verbrechens gefunden. Dieser Goldaufkäufer war aus dem Páramo gekommen und unterwegs ermordet worden, ganz in der Nähe des kleinen Gehölzes, an dem sie soeben vorbeigekommen sind.

Seltsam! Der Sturm des ersten Erinnerns wird nach und nach zu einem gedanklichen Zeitvertreib, genau wie beim Trapper. »Man braucht gar kein besonderes Geschick«, denkt er, »um in dieser abgelegenen Ödnis das perfekte Verbrechen zu begehen. Die Polizei sucht eine Weile, und das eher wegen der Dienstvorschrift als aus Pflichtgefühl, dann werden die Ermittlungen eingestellt. Ein Mann ist verschwunden? Was ist schon dabei. Manche haben weder ein Interesse daran, dass ihre Abreise bekannt wird, noch kennen sie ihren Weg oder ihr Ziel. Von anderen wiederum erfährt man nur, weil der Frühling ihre Leichen aus dem Eis befreit.«

Das nervöse Hüsteln des Trappers unterbricht die Stille wieder.

»Noch einen Schluck?«, fragt er höflich und zieht die Flasche hervor.

Der Mann im Lederwams fährt zusammen, als merke er erst jetzt, dass jemand an seiner Seite reitet. Der Trapper reicht ihm die Flasche, seine Augenlider zucken leicht.

Der andere entkorkt die Flasche, trinkt, gibt sie diesmal wortlos zurück, ohne sich zu bedanken. Wieder legt sich ein Schatten von Unbehagen, Traurigkeit oder Ratlosigkeit über das Gesicht des jungen Mannes, der die Flasche bis zur Hälfte leert.

Die Hufe der Pferde knirschen eintönig im Schnee, und zwei Männer hängen, Seite an Seite, weiter ihren Gedanken nach.

»Nach dem Verkauf dieser Felle habe ich genug Ersparnisse beisammen, um aus Feuerland zu verschwinden«, denkt der Trapper. »Am Ende der Saison gehe ich auf meine Insel zurück und heirate Elvira.« Als er zu diesem Teil seines Traums gekommen ist, schließt er glücklich die Augen, überglücklich, denn hinter dieser Mauer des Glücks gibt es nichts anderes mehr für ihn.

Der andere kennt keine Mauer des Glücks, wohl jedoch eine krankhafte Lust; und wie jemand es sich zu einem langen Ritt im Sattel bequem macht, so richtet er seine Gedanken auf jenen lang zurückliegenden Augenblick, an dem das Verbrechen seinen Lauf nahm.

Es war mehr oder weniger an dieser Stelle gewesen, als er mit Bevan zusammentraf; doch die Umstände waren anders. Er hatte am Posten Cerro Redondo erfahren, dass der Goldaufkäufer den Páramo vom Atlantik bis nach Rio del Oro am Pazifik durchqueren würde, um sich dort nach Punta Arenas einzuschiffen.

In San Sebastián fand er heraus, wann das Schiff in See stach, und nachdem er berechnet hatte, wie lange ein gutes Pferd für die Strecke ungefähr braucht, legte er sich an der Stelle auf die Lauer, wo der Mann vorbeikommen musste.

Es war das erste Mal, dass er eine solche Tat beging, und er wunderte sich, mit welcher Sicherheit er seinen Entschluss gefasst hatte – als ginge es darum, auf einer

Wiese Blümchen zu pflücken – und vor allem, mit was für einer Kaltblütigkeit er sie geplant hatte.

Dennoch ließ ihn manchmal ein mulmiges, feuchtkaltes Gefühl zusammenfahren; er führte es auf die Tatsache zurück, dass er nicht wusste, mit wem er es zu tun haben würde. Ein Goldaufkäufer, der sich allein durch diese Ödnis wagte, war mit Sicherheit kein Grünschnabel. Etwas jedoch sagte ihm, dass diese Unruhe, diese Kälte aus seinem Innersten kamen. »Ich bin doch kein Feigling«, sagte er sich, »und auch nicht ungeschickt mit den Händen.« Das hatte er in Policarpo bewiesen, wo er sich wegen gezinkter Karten mehrere Männer mit dem Schießeisen hatte vom Leib halten müssen und dabei einen erschossen hatte.

Klar, diesmal handelte es sich nicht um einen Streit. Es war etwas anderes, einen Mann kaltblütig zu ermorden und zu berauben, als jemanden beim Spiel zu töten. Aber was, zum Teufel, blieb ihm übrig? Die Saison in Feuerland war in diesem Jahr schlecht gewesen; es war so gut wie unmöglich, geschmuggelten Schnaps auf einer der »trockenen« Estanzias an den Mann zu bringen. Und die Männer scharten sich auch nicht mehr um ihn, wenn er, die Karten in der Hand, mit lärmender Fröhlichkeit ausrief: »Machen wir ein Spielchen, Kinder, damit uns die Zeit nicht lang wird!« Außerdem wuchs die Zahl derer, die das in einem Jahr oder länger im Schweiße ihres Angesichts verdiente Geld bei einem »Spielchen« verloren hatten, und es wurde immer unmöglicher, an einen Ort zurückzukehren, an dem er mehr als ein erbostes Opfer nur noch mit dem Colt in Schach halten konnte.

Feuerland gab nichts mehr her, und das »Geschäft« mit Bevan war ein guter Abschluss, bevor er auf die andere Seite der Meerenge nach Patagonien verschwand.

»Pah!«, hatte er sich an jenem Morgen gesagt, an dem er Posten bezog, um dem Goldaufkäufer aufzulauern, als wolle er damit die eisige Beklemmung beschwichtigen, die immer noch in seinem Innersten aufstieg. »Hätte er mit mir Karten gespielt, hätte ich ihm das letzte Gramm Gold abgenommen, und am Ende wäre es auf dasselbe hinausgelaufen: auf eine Auseinandersetzung, bei der nur der Überlebende Stand bewahrt hätte.«

Als er über den Rand eines sanft geschwungenen Hügels lugte und den Goldaufkäufer in der Ferne auftauchen sah, schwang sich eine Schar Trappen in die Luft – wie ein Stück Pampa, das zum Himmel flattert – und zog in einem Dreieck über seinen Kopf hinweg. Überrascht schaute er ihnen nach, als sehe er ein Stück seiner selbst, das sich von dieser Erde entfernte; es handelte sich um einen Schwarm Zugvögel, der zum Flug in den Norden Patagoniens aufgebrochen war. Jedes Jahr passierte das Gleiche: Mitte Herbst verließen alle diese Vögel Feuerland, und nur er und die Tiere blieben zurück, doch diesmal würde auch er davonfliegen, genau wie die Trappen, auf der Suche nach anderen Lüften, anderen Ländern und, wer weiß, vielleicht auch nach einem anderen Leben.

Noch nie war ihm das Gras so schön vorgekommen wie an jenem Nachmittag! Die Pampa lag da wie flüssiges Gold, leicht gekräuselt vom Wind aus dem Westen. Noch nie war ihm die Natur so lebendig erschienen! Und plötzlich, inmitten dieser Endlosigkeit, wurde er sich auch seiner selbst bewusst, als habe er mit einem Mal ein anderes Wesen in sich entdeckt. Diesmal stieg die eisige Beklemmung deutlicher spürbar in ihm auf, und er begann zu zittern. Er war schon im Begriff aufzustehen, sich auf sein

Pferd zu schwingen und im gestreckten Galopp zu fliehen; doch dann griff er mit der Hand an seine Hüfte, zog einen Flachmann aus der Tasche, schraubte den Aluminiumverschluss auf und trank einen Schluck Schnaps, mit dem er die Kälte zu verscheuchen pflegte und mit dem er nun auch diese andere Kälte vertrieb, die aus seinem Innersten kam.

Am späten Nachmittag tauchte in der Ferne ein schwarzer Punkt auf, der deutlich auszumachen war. Sogleich robbte er den Hang hinunter, löste die Fußfesseln seines Pferdes und ritt wie ein gewöhnlicher Reisender die Piste entlang. Er schlug die Richtung ein, die auch der andere eingeschlagen hatte, lange bevor er in dessen Nähe gekommen war.

Er schlug die nachlässige Gangart der Reiter ein, die keine Eile haben, irgendwo anzukommen. Zwischendurch blickte er über die Schulter, sah, dass sich der Abstand zwischen ihm und dem anderen Reiter zunehmend verkürzte. Er stellte fest, dass dieser ein ausdauerndes Pferd ritt, ein zweites am Halfter führte und von Zeit zu Zeit sein Reittier wechselte.

Wieder zog er den Flachmann hervor, genehmigte sich einen weiteren Schluck und fühlte sich jetzt sicherer in den Steigbügeln.

»Wenn er mich in diesem Tempo überholt«, dachte er, »kann ich ihn leicht von hinten erledigen. Wenn er den Weg mit mir zusammen fortsetzt, wird die Sache schwieriger.«

Das Pferd spürte zuerst, dass sich jemand von hinten näherte; es spitzte die Ohren, die wie zwei aufgeregte Vögel zuckten. Kurz darauf vernahm auch er das gedämpfte Trappeln von Hufen auf der Pampa; es war ein dumpfes

Pochen, das seltsam in seinem Herzen widerhallte. Die eisige Welle stieg wieder in ihm auf. Er zitterte. Plötzlich war ihm, als drohe die Gefahr ihm; er konnte sich nicht mehr zurückhalten und schaute sich um. Ein großer Mann fortgeschrittenen Alters näherte sich in regelmäßigem Trab auf einem mit schaumigem Schweiß bedecktem Rappen; neben ihm trabte ein dunkelbrauner Fuchs. Er bemerkte die körperliche Harmonie zwischen dem Reiter und seinen Tieren, und einen Moment lang verließ ihn der Mut angesichts der kraftvollen Ausstrahlung des sich ihm nähernden Mannes.

Als sie auf gleicher Höhe waren, zog er abrupt die Zügel an. Obwohl er ihm Platz gelassen hatte, damit der andere ihn problemlos rechts überholen konnte, war dieser vorsichtigerweise auf die andere Seite geritten. Er wirkte eher wie ein Pampavagabund als wie ein Goldaufkäufer. Baskenmütze, schwarzes Halstuch, weites Lederwams, Pluderhosen und Reitstiefel, aus den kurzen Schäften schauten grobe weiße Baumwollstrümpfe hervor. Die zerknitterte, abgetragene Kleidung passte zu dem langen, unrasierten, müde wirkenden Gesicht; doch er erfasste mit einem kurzen Seitenblick den glimmenden Glanz in Bevans Augen, der verborgene oder unterdrückte Energie verriet, die sich jederzeit wie eine Feder anspannen und seinen schlaffen Körper beleben konnte.

»Tag«, sagte er und schloss zu ihm auf.

»Tag.«

»Nach San Sebastián?«

»Nein, nach China Creek.«

Er würde den kurzen Wortwechsel nie vergessen, denn er erkannte seine eigene Stimme kaum wieder. Er spürte, wie der andere ihn von oben bis unten musterte und seinen Blick aufzufangen versuchte, doch er starrte vor sich hin, und so ritten sie im Schritt ihrer Pferde schweigend nebeneinander her. Plötzlich schob er betont behutsam die Hand zu seiner Gesäßtasche. Er merkte, dass der Goldaufkäufer seine Bewegung aus dem Augenwinkel wahrnahm und nun mit erstaunlicher Behändigkeit ganz selbstverständlich die linke Hand in das weite Lederwams steckte. Beide Bewegungen erfolgten beinah gleichzeitig. Er aber holte den Flachmann mit dem Zuckerrohrschnaps aus seiner Gesäßtasche, schraubte ihn auf und reichte ihn hinüber.

»Nein danke, ich trinke nicht«, antwortete der Goldaufkäufer, zog langsam ein großes rotes Taschentuch heraus und putzte sich geräuschvoll die Nase.

Sie ritten eine Weile schweigend weiter. Der Schluck Schnaps ließ ihn die Ruhe wiederfinden, doch kaum hatte er sich erholt, gab der Goldaufkäufer, ohne ihn eine Sekunde aus den Augen zu lassen, seinem Pferd die Sporen, machte schnell einen Bogen um ihn herum und rief ihm zu: »Wiedersehen!«

»Wiedersehen«, antwortete er, doch in dem Moment schlug die Angst wie eine gewaltige Woge über ihm zusammen, und er sah den Körper seines Opfers, seine Kleidung, sein Gesicht und selbst die Pferde wie einen dunklen Fleck, wie den Schlund eines Abgrunds, der ihn unwiderstehlich in die Tiefe zog wie ein Magnet. Es war stärker als er; er brauchte seine in den Gürtel gesteckte Hand kaum zu bewegen, zog seinen Revolver aus dem Hosenbund und schoss sein Opfer vom Pferd.

Durch die Wucht des Einschlags wurde der Körper des Goldaufkäufers nach links gerissen und fiel schwer zu Boden, während seine Pferde kopflos davongaloppierten.

Er hielt sein Pferd an. Er schloss die Augen, um sein Opfer nicht auf der Erde liegen zu sehen, und fiel in eine Art Trance, aus der er mit einem tiefen Seufzer der Erleichterung aufwachte, als habe er die Schwelle zu einem Abgrund überschritten oder die mühevollste Arbeit seines Lebens hinter sich gebracht.

Er öffnete die Augen wieder, als das Pferd unruhig neben der Leiche tänzelte, und er saß etwas gefasster ab. Die Augen des Goldaufkäufers waren halb aus den Höhlen getreten, als wären sie im letzten Moment am Davonfliegen gehindert worden. Die Erschütterung lähmte ihn; nach dem endlosen Fall versank er in schlaffe Gleichgültigkeit, die seine Empfindungen und Sinne derart schärfte, dass er die eisige Beklemmung wieder spürte, die langsam aus seinem Innersten aufstieg. Er zuckte zusammen, schaute zum Himmel hinauf, und ihm war, als erblicke er eine unendliche blaue und weiße Schraffierung, wie er sie auch in den gebrochenen Augen Bevans gesehen hatte.

Er wandte den Blick vom Himmel, und ohne eigentlich zu wissen, was er tat, beugte er sich über den starren Leichnam, hob ihn wie einen Sack hoch, doch als er ihn über den Sattel seines Pferdes legen wollte, sprang das Tier zur Seite und galoppierte über die Pampa, ließ ihn mit der Leiche im Arm stehen.

Starr, mit dem toten Mann über der Schulter, stand er dort. Er war so schwer, dass er vor Anstrengung die Augen schließen musste, eine Anstrengung, die sich in einen Schmerz verwandelte, der sich in kindlicher Untröstlichkeit auflöste, und er fühlte sich unendlich allein in einer herzlosen, feindlichen Welt. Als er die Augen wieder öffnete, glänzte das hohe Pampagras um ihn herum, schimmerte rot wie ein Feuerlaken, das ihm die

Augen verbrannte. Bekümmert schaute er sich um und sah etwa hundert Meter entfernt ein dunkles Gehölz. Er wollte hinlaufen, um den Leichnam dort zu verstecken; er wollte in die Richtung fliehen, in die sein Pferd geflohen war. Aber er schaffte es nicht, er tat ein paar schwankende Schritte, und um nicht hinzufallen, setzte er sich ins Gras, schraubte zitternd den Flachmann auf und trank gierig den übrig gebliebenen Schnaps. Er beruhigte sich etwas, stand wieder auf, war aber immer noch von dem Gedanken besessen, den Leichnam verstecken zu müssen. Aber wo? Erneut verfiel er in wilde Raserei, ein weiterer, ihn in den Abgrund ziehender Rausch; er zog das Abhäutmesser aus seinem Stiefelschaft und schnitt sein Opfer in Stücke, als wäre es ein Rind.

Aus dem Torfmoor hinter dem schwarzen Gehölz hob er ein paar Schollen aus, versteckte die in die Kleider eingewickelten Stücke darunter. Als nur noch der Kopf auf der Torferde lag, überfiel ihn jäh ein Gedanke, der ihn vor Schreck fast wahnsinnig werden ließ. Das Gold! Er hatte das Gold vergessen!

Er schaute sich um. Auf dem dunkelbraunen Torf lag nur noch Bevans Kopf und starrte ihn aus gebrochenen Augen an. Es gab kein Zurück. Er war am Ende seiner Kräfte, der Torfgrund schwankte unter seinen Füßen. Die finsteren, im Wind raschelnden Sträucher schienen entsetzt zu fliehen, als seien sie Lebewesen. Die Pampa schürte ihr Feuer, die blauen und weißen Schraffierungen schnitten sich noch tiefer in den Himmel. Er hob den Kopf auf, wollte ihn vergraben, wusste aber nicht wo. Alles floh, alles schwankte, und die Schraffierung in den toten Augen und am Himmel zerriss nun auch seine Augen. Er blinzelte, und die Schraffen vermehrten sich; tausend Lichtschraffen durchbohrten seinen Blick wie tausend Nadeln und verhüllten den Horizont. Da raste er wie ein geblendetes Tier hinter den flüchtenden Sträuchern her, schleuderte den Kopf in ein Gebüsch und rannte weiter, immer weiter, bis er vornüber ins Gras fiel, von Entsetzen gepackt.

»Was ist mit dir? Du zitterst ja«, reißt der junge Trapper ihn aus seinen Gedanken, als er sieht, dass sein Weggefährte fröstelt und dicke Schweißtropfen über seine Schläfen rinnen.

»Ich? Ach so«, ruft der andere überrascht; und als erwache er aus einem Albtraum, huscht zum ersten Mal ein Lächeln über sein Gesicht – ein eisiges Lächeln wie das gepfählter Toter, und er sagt stammelnd: »Der Schnaps, der Schnaps gegen die Kälte macht mich noch mehr frieren.«

»Es ist noch ein Schluck übrig«, sagt der Trapper; er zieht die Flasche hervor und reicht sie ihm.

Der andere entkorkt sie, trinkt und gibt sie zurück.

»Den murkse ich mit einem einzigen Peitschenhieb ab wie ein Lamm«, denkt er und schüttelt sich im Sattel, als der Schnaps wie eine bösartige Welle durch seinen Körper rinnt.

»Ist dir immer noch kalt?«, fragt der Jüngere, bemüht, eine Unterhaltung in Gang zu bringen.

»Nein, nicht mehr.«

»Dies war meine letzte Jagdsaison. Von hier aus gehe ich in den Norden zurück und heirate.«

»Hast du genug verdient?«

»Es geht.«

»Der lässt sich abschlachten wie ein Schaf«, denkt er, aufgewärmt bis in die Knochen von dem Schluck Schnaps.

»Vor fünf Jahren bin ich genau an dieser Stelle vorbeigekommen, auch auf dem Weg nach Norden, und habe mein ganzes Geld verloren.«

»Wie das?«

»Weiß nicht. Ich trug es in Gold auf mir.«

»Und hast es nicht wiedergefunden?«

»Ich habe nicht danach gesucht. Dazu hätte ich zurückkehren müssen, und das konnte ich nicht.«

Der Trapper starrt ihn verständnislos an.

»Schöne Geschichte, das. Es heißt, auf Feuerland liege ein Fluch. Wenn jemand wegwill, stößt ihm etwas zu.«

»Hier kommt, glaube ich, keiner raus«, sagt der andere und betrachtet aus dem Augenwinkel den Hals seines Opfers, der ihm wie der eines zarten Guanakos vorkommt, nach dem er nur zu greifen braucht. »Pah«, denkt er wieder, »der entkommt mir nicht! Wenn hier einer verschwindet, dann bin ich es! Das erste Mal ist hart; nachher ist es leichter, und man bekommt keine Gänsehaut mehr davon.«

Wieder lastet Stille zwischen den beiden Männern, nichts ist zu hören außer dem Knirschen der Pferdehufe im Schnee.

»Jetzt! Jetzt ist der richtige Moment, dem armen Teufel einen Schlag ins Genick zu verpassen«, denkt er, als die Wirkung des Schnapses nachlässt und die unterdrückte eisige Welle in ihm aufsteigt, diesmal jedoch nicht ganz so eisig, und auch der Schwindel, der ihn jetzt befällt, ist nicht so heftig, nicht so bedrückend, und der Abgrund ist nicht mehr so tief.

Er schätzt mit einem Seitenblick die Entfernung. Er nimmt die Stockpeitsche mit dem Ochsenziemer in die Hand und legt den Griff unauffällig quer vor sich über den Sattel. Der Trapper merkt von alldem nichts, er ist offenbar ganz auf das eintönige Knirschen der Hufe im Schnee konzentriert.

»Um den brauche ich mich nicht weiter zu kümmern, das besorgt der Schnee«, sagt er sich. Der Moment ist gekommen. Er strafft die Zügel, damit sein Pferd etwas zurückbleibt, und …

Als er zum Schlag ausholen will, dreht sich der Fallensteller lächelnd um, seine Augen blinzeln, und hinter diesem Blinzeln erkennt er die traurigen Augen Bevans, die tiefen Schraffen am Himmel, die zerrissenen Augen im abgetrennten Kopf auf der Torferde; die tausend Schraffen, die wie spitze Nadeln seinen Blick verdüstern, ihn blenden, sodass er die Peitsche statt auf den Kopf seines Opfers auf die Hinterhand seines Pferdes niedersausen lässt und ihm einen Sporn in die Weiche drückt. Das Tier macht einen Satz zur Seite, gleitet auf dem Schnee aus. Er gibt seinem Pferd nochmals die Sporen, das Tier stützt sich auf die Hinterläufe und steht auf.

»Wohl übergeschnappt, der Gaul! Was ist passiert?«, ruft der Trapper erstaunt.

»Es ist hinterhältig und erschrickt leicht«, antwortet der andere und lenkt das Pferd auf die Piste zurück.

Wieder herrscht Stille, erdrückende Stille, und wieder nur das Knirschen der Hufe im Schnee; doch nach und nach erhebt sich ein Geräusch, begleitet das Knirschen der Hufe: Es ist der Westwind, der über die feuerländische Steppe bläst.

Der Trapper zieht seinen weißen Segeltuchponcho enger um sich. Der andere stellt den Kragen seines Lederwamses hoch. In der Ferne taucht ein Zaun auf, wie ein von Himmel gefallener Strohhalm.

Und der böige Westwind, der jeden Abend über das Gesicht Feuerlands fegt, fährt diesmal auch über das harte Gesicht des Reiters und weht die letzten Alkoholspuren und die Erinnerung an das Verbrechen aus seinen Gedanken.

Sie haben die Einzäunung erreicht. Die Wege trennen sich wieder. Die zwei Männer blicken sich ein letztes Mal an.

»Adiós!«

»Adiós!«

Zwei Reiter streben auseinander, durchbohren wie zwei schwarze Punkte die weiße Grenzenlosigkeit der verschneiten Pampa.

Neben der Einzäunung liegt eine Schnapsflasche; leer. Sie ist manchmal die einzige Spur, die der Mensch in dieser verlassenen Gegend hinterlässt.

Der Leuchtturmbauer

Der schrille Pfiff einer Schiffssirene ließ Vladimiro und seine Frau aufblicken und zum öden Vorgebirge schauen, wo der Leuchtturm von Puerto Refugio, an einem Ufer des sturmgepeitschten Golfs von Penas, gebaut wurde.

»Das ist das Versorgungsschiff mit den Lebensmitteln, Gott sei Dank!«, rief Ana, unterbrach den Abwasch in der ärmlichen Hütte, die dem Leuchtturmbauer und seinen Leuten als Unterkunft diente, trat ins Freie und murmelte: »Jetzt lassen sie uns wenigstens mit ihrem Gerede in Ruhe.«

Sie meinte damit die Tuscheleien, die ihr zu Ohren gekommen waren, seitdem die Leute argwöhnten, sie und ihr Mann hielten Konserven versteckt, besser als die ewigen Bohnen mit Trepang, die sie ihnen nun seit fast einem Monat vorsetzte. Zu dieser Zeit hätte normalerweise das Versorgungsschiff mit Baumaterial und Lebensmitteln eintreffen müssen, es war jedoch aus irgendeinem Grund nicht in Puerto Refugio angekommen. Die Frau des Leuchtturmbauers hatte sich mit einem halben Sack Bohnen behelfen müssen, und um etwas Abwechslung in die Mahlzeiten zu bringen, hatte sie ab und zu essbare Algen wie Luchen und *cochayuyos* hinzugefügt, die die Arbeiter anfangs dankbar angenommen hatten, deren sie aber bald schon überdrüssig geworden waren.

»Warum lässt du sie nicht das Haus durchsuchen, damit sie sehen, dass wir nichts versteckt haben?«, hatte Ana ihren Mann gefragt.

»Ich weiß, was ich tue, halte du dich da raus«, hatte Vladimiro mit seiner Bassstimme geantwortet, die wie Donnergrollen aus einer Körperhöhe von einem Meter neunzig hervorbrach.

»Sie werden noch meutern …«

»Den Ersten, der meutert, fessle ich und lasse ihn auf dem Felsen an der Reede liegen, bis er weich wird und darum bettelt, essen zu dürfen.«

Ana hatte ihm einen ängstlichen Blick zugeworfen, denn sie hatte ihn schon einmal so etwas tun sehen. Vladimiro war ein Jugoslawe von gewaltigem Körperbau, primitiv und auch ein wenig roh, aber im Grunde war er gutmütig, und Ana hatte sich ihm anvertraut wie ein Turteltäubchen, das ein sicheres Nest gefunden hat. In jungen Jahren war er Fischer in Bratza gewesen, drüben auf seiner Heimatinsel im adriatischen Meer. Er hatte sein Leben auf dem Meer zugebracht, und als er in die Magellangegend ausgewandert war, hatte er sich all die Erfahrungen angeeignet, die die chilenischen Seeleute haben mussten, um das erste Netz von Leuchttürmen errichten zu können, die entlang der unübersichtlichen Kanäle und Fjorde von den Guaitecas bis zur Magellanstraße gebaut wurden. Ana war ebenfalls jugoslawischer Abstammung, aber in Punta Arenas geboren.

Kurz darauf hörten sie die Glieder der Ankerkette wie einen Katarakt dumpfer Glockenschläge durch die Klüse rasseln: trotz des unangenehmen metallischen Lärms so etwas wie ein menschliches Geräusch in jener kalten Einsamkeit.

Vladimiro ging zur Reede hinunter und empfing dort den Kommandanten, der mit einem Boot an Land gekommen war, um sich die Arbeiten am Leuchtturm anzusehen.

»Und? Irgendwelche Neuigkeiten?«, wollte der junge Leutnant wissen, als sie den Hügel zur Hütte hinaufstiegen.

»Nur dass uns die Lebensmittel ausgegangen sind.«

»Wir mussten einem schiffbrüchigen Kahn zu Hilfe eilen und ihn nach Norden schleppen. Und Eure Frau? Wie ist es ihr ergangen?«

»Sie hat ihre Arbeit, macht sich Sorgen ums Essen. Man hörte Gerüchte ... Es hieß, wir hielten Konserven versteckt, und alles wegen einer leeren Sardinenbüchse, die irgendwo herumlag – aber es war wirklich die letzte!«

»Das mit der leeren Dose war vielleicht nur ein Vorwand für etwas ganz anderes.«

»Was meint Ihr mit ganz anderes?«

»Eure Frau ... Ich hatte Euch gesagt, dass es für eine Frau allein unter sechs oder sieben Männern nicht ungefährlich ist. Die Leute werden durch die Enthaltsamkeit streitsüchtig. Ich sehe das an Bord – wegen jeder Kleinigkeit geraten sie aneinander.«

Vladimiro stieß ein dröhnendes Gelächter aus, das wie das Kollern der Ankerkette durch die Gegend hallte.

»Solche Dinge erledige ich mit einer Hand, Herr Leutnant!«, rief er und streckte seinen Arm aus, als umfasse er den ganzen Horizont.

Der junge Offizier musterte ihn von unten bis oben und lächelte beim Anblick der körperlichen Kraft dieses Riesen, der, wie ein Kind, sich seiner Angeberei gar nicht bewusst war.

»Ich bin zwar jünger als Ihr«, sagte er, »aber auf dem Meer sehen wir Dinge … Einmal musste ich bei einer Goldsucherexpedition auf der Lennox-Insel den Koch und seine Frau retten. Die Anführer mussten ihnen Revolver geben, damit sie sich verteidigen konnten, und sie in einem Zelt weit weg von dem halben Hundert Goldwäscher unterbringen, die sie angeheuert hatten. Und das alles wegen einer alten zahnlosen Frau!«

»Na ja, Goldwäscher! Diesen Abschaum kennt man ja. Meine Leute sind fleißig und mir alle persönlich bekannt.«

»Trotzdem möchte ich Euch vorschlagen, falls Eure Frau irgendwelche Unannehmlichkeiten haben sollte, schickt sie besser mit uns zurück. Ersatz lässt sich finden. Wir haben noch einen Mann für Euch an Bord, der ihre Arbeit übernehmen könnte.«

»Noch einen Mann? Aber ich habe doch gar keinen eingestellt!«

»Hier, lest diesen Brief. Er hat ihn mir für Euch mitgegeben. Er will erst von Bord gehen, wenn das Schiff ablegt.«

Verwirrt öffnete Vladimiro den Umschlag und las:

Der Überbringer ist ein junger Verwandter jenes leitenden Angestellten, der uns den Auftrag gegeben hat, und zu den Bedingungen, zu denen wir ihn bekommen haben, gehört, dass wir diesem jungen Mann eine Arbeit verschaffen oder ihm zumindest einen Lohn bezahlen. Ich habe versucht, ihn mir vom Hals zu halten, doch da die Marine die Arbeit überprüft, müssen Sie ihn einstellen, ihn irgendwie beschäftigen, sodass eine Lohnzahlung gerechtfertigt ist.

Der Leuchtturmbauer warf kaum einen Blick auf die Unterschrift seines Freundes aus Santiago, der ihm bei der Beschaffung des Leuchtturmauftrags behilflich gewesen war, und steckte den Brief ein.

Über eine Woche versuchte Vladimiro, den jungen Esteban bei irgendwelchen Arbeiten unterzubringen, doch ohne Erfolg. Erschöpft stellte er ihn eines Tages zur Rede; der Junge sagte ihm, eigentlich sei er gar nicht deswegen auf die Insel gekommen. Sein Vater bekleide ein hohes Ministeramt, und diese Stelle habe man ihm nur zugeschoben, damit er eigenes Geld verdiene.

Vladimiro blieb nichts anderes übrig, als ihn bei seiner Frau in der Hütte zu lassen. Die kleine Behausung aus Holz und Wellblech war in drei Räume unterteilt: einen für die Arbeiter, einen für den Leuchtturmbauer und seine Frau, und der dritte und größte diente als Küche und Speiseraum.

Dort blies Esteban, der etwas über zwanzig war, aber wegen seiner schmächtigen Statur und seines zarten Gesichts jünger wirkte, Trübsal, wenn er nicht gerade las und wenn Wind und Regen – in dieser Region nicht eben selten – ihn hinderten, an der Steilküste spazieren zu gehen.

Das Meer war ihm zuerst ein Trost gewesen, später jedoch ärgerte ihn dieser meist aufgewühlte, manchmal graue und stille Horizont, an dem ein paar Möwen, ein einzelner Albatros oder Pinguin vor dem trostlosen Vorgebirge die einzige Abwechslung waren. Ab und zu ließen sich ein paar Robben blicken, die einen Fischschwarm verfolgten und denen sich gern eine Schar von Möwen oder Albatrossen zugesellte, die sich mit lautem Geschrei an der Jagd beteiligten. Dann wurde das Meer lebendig, und er wäre gern ein Vogel oder Seehund gewesen, um mit diesen Tieren nach Norden zu ziehen, wohin er oft genug seinen sehnsüchtigen Blick richtete. Einmal saß er auf einem einsamen Felsen am Meer, als plötzlich eine Robbe fünfzehn oder zwanzig Meter von ihm entfernt ihren Leib halb aus dem Wasser streckte und, wie durch ein Wunder allein auf die Kraft ihrer Flossen gestützt, ihn mit ihren runden schwarzen Äuglein mit beinah menschlicher Neugier anstarrte. Er schauderte, als ihm bewusst wurde, dass sie ihn auch für eine Robbe hielt, die sich auf zwei langen Flossen auf dem Felsen aufstützte. Wie tief war er doch gesunken, gemessen an den menschlichen Werten, die sein Menschsein in der großen Stadt bestimmt hatten!

Die menschlichen Werte! Er war das einzige Kind, der mütterlichen Wärme durch den autoritären Willen seines Vaters entrissen, der ihn gefühllos in den Süden geschickt hatte, damit er an diesem Ort »lerne, ein Mann zu werden«. Das Verhätscheltwerden seitens der Mutter und seine eigene Unfähigkeit hatten sich miteinander verschworen und verhindert, dass er sein Studium zu Ende geführt hatte, sodass er wie in einem luftleeren Raum schwebte, ohne einen Beruf wie Anwalt oder Arzt zu ergreifen oder sonst eine Tätigkeit im Berufsleben ausüben zu können. Jetzt würde er zum ersten Mal ein Gehalt beziehen, Geld sparen und sich unabhängig fühlen! Darum hatte er auch seine Mutter angefleht, sich der vom Vater angeordneten Reise nicht zu widersetzen. Außerdem hatte er schon als Kind viel von den Abenteuern wagemutiger Männer auf Meeren und gefährlichen Reisen gelesen, die immer noch seine Vorstellungswelt beherrschten. Unter Tränen hatte die Mutter nachgegeben. Und so war er in den Süden gereist.

Die Wirklichkeit war jedoch sehr viel rauer. Er versuchte sich im Baumfällen, doch er versank bei jedem Schlag mit der Axt im Torfboden. Der Torfboden hatte sich wie ein Schwamm mit Wasser vollgesogen, und die Axt durchdrang kaum die Rinde der Eichen, wenn sie nicht sogar abglitt und in gefährlicher Nähe seiner Beine niedersauste. Danach versuchte er sich im Heranschleppen des Materials, das für die Betonmischmaschine gebraucht wurde; aber er war kaum in der Lage, einen Sack Zement über eine kurze Strecke zu tragen, ohne dass sein Rückgrat in Stücke zu springen drohte. Wind und Kälte verursachten ihm bisher nicht gekannte Schmerzen, über die er mehr als einmal in bittere Tränen ausbrach; es war ein Schmerz, der ihm ins Fleisch, in die Knochen und bis in die Seele drang – war das der Schmerz körperlicher Arbeit, der er sich noch nie ausgesetzt hatte? Er wusste nicht, ob er die Männer bewundern oder verachten sollte, die wie das Vieh jede Witterung am Fuße des Leuchtturms ertrugen, der allmählich in die Höhe wuchs.

Zum Schlafen hatte man ihm ein Feldbett in eine Ecke der Küche gestellt, sodass er morgens aufstehen musste, bevor die Arbeiter und Vladimiro an ihrer Spitze zum Frühstück kamen. Wäre dem nicht so gewesen, hätte er vermutlich den ganzen Tag im Bett verbracht, hätte gelesen oder Ana, die er als eine an dieses Ende der Welt verschlagene Bedienstete seines elterlichen Hauses betrachtete, bei ihrer Arbeit zugeschaut.

Ana behandelte ihn anständig und schickte ihn manchmal zum Wasserholen an die Quelle, die auf dem Weg zum Meer lag, so, wie man ein Kind beschäftigen würde. Andere Male half er ihr beim Abtrocknen oder beim Einsammeln von Brennholz. Das Frühstück nahmen alle gemeinsam ein, und die Arbeiter machten manchmal Witze über ihn, doch stets mit einer gewissen Rücksicht, als sei er der Sohn eines fernab lebenden Herrn, der unvermutet zum Frühstück in der Hütte seiner Pächter aufgetaucht war.

Unter den Arbeitern befand sich ein gewisser Ricardo, der Bootsmann auf einem Robbenfänger gewesen war und der, da es in jener Jahreszeit keine Jungtiere mehr zu jagen gab, hatte an Land bleiben müssen, wo er lernte, Steine und Ziegel zu vermauern und zu verfugen. Er war von mittlerer Statur, kräftig und ausdauernd und der beste Arbeiter in der Gruppe. Beim Verfugen war er schneller als alle anderen und hatte daher manchmal freie Zeit, in der er mit einer dreizackigen Fischgabel Seeigel zwischen den Felsen suchte.

Esteban begleitete ihn bei diesen Gängen, und sie freundeten sich ein wenig an; doch er traute sich nie bis zu den Stellen, wo Ricardo mit seinem hölzernen Dreizack die Seeigel aufspießte. Eines Tages sah er, wie Ricardo ausglitt und ins Meer fiel. Doch anstatt ihm zu Hilfe zu eilen, rannte er zur Hütte und holte Verstärkung. Inzwischen war Ricardo aus eigener Kraft wieder an Land gekommen, zog seine Kleider aus und legte sie in die Sonne zum Trocknen. Als Esteban und Ana zu der Stelle kamen, erblickten sie einen bärtigen Meeresgott, einen nackten Neptun. Die Frau hielt sich die Schürze vor die Augen und lief schleunigst zur Hütte zurück. Daraufhin warf Ricardo seinen Dreizack zur Seite, sprang ins Wasser und tauchte, beide Hände voller Seeigel, wieder auf. Eine halbe Stunde lang ertrug er die Kälte und holte in dieser Zeit über zweihundert der Stachelhäuter aus dem Wasser.

»Die Dame hat mich nackt gesehen«, sagte Ricardo lachend, als sie zur Hütte zurückgingen, um einen Korb für die Seeigel zu holen.

»Du hast ihr aber einen Schrecken eingejagt«, murmelte Esteban.

»Und, wie ist sie so?«

»Ich weiß nicht.«

»Hast du sie dir noch nicht vorgenommen?«

»Wie?«

»Na, wie sichs gehört. Bist du nicht den ganzen Tag allein mit ihr in der Hütte?«

»So was tue ich doch nicht.«

»Ah, mein Herr, dann taugen Sie zu rein gar nichts. Ich verstehe, dass du dich davonmachst, wenn einer am Ertrinken ist, aber bei einer Frau … Hast du ihre Beine gesehen?«

»Sie sind schön.«

»Und weiter oben?«

»Ich weiß nicht.«

»Teufel noch mal! Wenn sie sich bückt, musst du mal ihre Schenkel anschauen! Aber vielleicht rede ich lauter Blödsinn, und du hast sie längst vernascht. Ich muss dir offen gestehen, ich hätte nichts dagegen, es diesem hochmütigen Hahn mal so richtig zu zeigen, der seine Frau nur hierhergebracht hat, weil es ihm Spaß macht, den Leuten den Speck durchs Maul zu ziehen.«

»Sie kocht doch das Essen für alle.«

»Aber er kriegt das Beste, und unsereins kann sich in Geduld fassen, bis er nach Hause kommt. Findest du es richtig, dass man manchmal ganze Nächte nicht schlafen kann, weil man immer denkt, wie er bei der Frau liegt?«

»Sie ist schließlich seine Frau.«

»Pah, warum hat er sie denn hergebracht? Und sag mir doch mal, wie es zum Teufel dich hierher verschlagen hat!«

»Ich bin geschickt worden. Mein Vater meinte, ich könnte hier was arbeiten.«

»Blödsinn, du siehst gar nicht aus, als wärst du für die Arbeiten hier geeignet.«

»Was sollte ich machen?«

Sie brachten die Seeigel in zwei Körben zurück, und an diesem Abend gab es ein Festmahl, bei dem nur der Wein fehlte, um die kleinen roten Sonnenzungen zu genießen, die dem Meer entrissen worden waren.

»Teufel noch mal! Wenn sie sich bückt, musst du mal ihre Schenkel anschauen!« Die Stimme des Meeresgottes, der mit erhobenem Dreizack auf den Felsen stand, drang an Estebans Ohr, kaum, dass er am nächsten Morgen erwachte. Die Seeigelmahlzeit, sowohl roh als auch in Tortillas gebacken, war üppig gewesen. Der Leuchtturmbauer und seine Leute waren bereits zur Baustelle aufgebrochen. Er hatte sie im Halbschlaf frühstücken hören, doch hatte er sich zur Wand gedreht und weitergedöst. Nur gedöst; denn sogar bis unter seine wärmende Decke, die wie eine weiche baumwollene Höhle war, drangen Anas Schritte, die ihrer Hausarbeit nachging, und mit diesen Schritten das Bild ihrer Beine und »Teufel noch mal, diese Schenkel …!«.

»Wann gedenkt der Herr aufzustehen, um das Mittagessen vorzubereiten?«, rief Ana von draußen.

»Sofort!«, antwortete er, sprang aus dem Bett und zog sich an.

Die Frau behandelte ihn zwar mittlerweile mit einer gewissen Zutraulichkeit, doch vermied sie es schamhaft, in der Hütte zu sein, wenn er sich ankleidete. Er war nicht weniger schamhaft als sie, aber an jenem Morgen …

»Nein, nein!«, schrie Ana, als er sich von hinten auf sie stürzte, an ihre Brüste griff und sie auf den Hals küsste.

Beide standen wie betäubt voreinander; sie starrte ihn aus tiefen grauen Augen an, ihr Gesicht war bleich und verzerrt. Er trat ein paar Schritte zurück, und seine Gestalt wurde kleiner, als sinke sie nach dem unkontrollierten Ausbruch in sich zusammen. Er stammelte: »Entschuldigt, ich weiß nicht, wie das passieren konnte, ich muss den Verstand verloren haben.«

»Nicht so wichtig«, sagte die Frau; doch sie hob den Zipfel ihrer Schürze vor die Augen, wie damals, als sie den nackten Neptun erblickt hatte, und fügte hinzu: »Trotzdem, ich muss es meinem Mann sagen.«

»Nein, nein, bitte nicht!«, rief Esteban.

»Doch, ich muss es meinem Mann sagen«, erwiderte sie.

Bei dem Wort »Mann« bebte ihre Stimme, und sie trocknete sich mit dem Schürzenzipfel die Tränen.

Vladimiro und seine sechs Arbeiter kamen wie jeden Tag zur Mittagszeit und setzten sich an den roh gezimmerten Tisch. An einem Kopfende saß er, am anderen Esteban. Ana aß meistens zwischen zwei Gängen, wobei sie sich kurz an die Ecke des Tisches neben ihren Mann setzte. Gewöhnlich wurde kaum gesprochen, und wenn ein gefüllter Teller vor ihnen stand, erst recht nicht. Darum blickten alle verwundert auf, als Ana, bevor sie ihrem Mann den Teller füllte, zu ihm sagte: »Ich muss mit dir sprechen.«

»Dann sprich.«

»Nicht hier. Im Zimmer.«

Mann und Frau gingen ins Nebenzimmer, das nur durch eine Bretterwand abgetrennt war. Estebans Blässe fiel den Arbeitern nicht auf, da sie einzig damit beschäftigt waren, ihr Essen hinunterzuschlingen. Doch plötzlich hoben alle beunruhigt den Kopf, als sie schallendes Gelächter hörten. Es lag ein so merkwürdiger Klang in diesem Lachen, dass alle, selbst der zitternde Esteban, glaubten, der Leuchtturmbauer sei übergeschnappt. Dann endete das Lachen schlagartig, Vladimiro nahm seinen Platz am Tisch wieder ein, und seine Frau trug ihm auf.

Nachdem sie auch ihren eigenen Teller gefüllt und sich neben ihren Mann gesetzt hatte, prustete Vladimiro wieder los; diesmal jedoch nicht so unbändig, sondern eher spöttisch. Die Männer am Tisch warteten neugierig auf eine Erklärung für sein seltsame Verhalten.

»Wisst ihr was?«, begann Vladimiro mit brummender Bassstimme. »Das Bürschchen da wollte sich an meine Frau heranmachen!«

Die Arbeiter schauten den Leuchtturmbauer besorgt an, als sei er tatsächlich übergeschnappt. Er wäre nicht der erste Jugoslawe, der in der Emigration verrückt geworden war.

»Das Bürschchen hier wollte sich an meiner Frau vergreifen!«

In Estebans Ohren hallten die Worte wie das Krachen einer explodierenden Granate.

»Ja, wirklich«, fügte Vladimiro hinzu. »Ha, ha, ha!« Sein Lachen brach mit dem dumpfen Dröhnen eines Ankers aus ihm hervor, der auf den Grund aufschlägt.

»Verzeihung«, stotterte Esteban, während sechs Paar Augen ihn voller Neugier durchbohrten, »ich muss euch das erklären …«

»Mir doch nicht; ihr musst du das erklären. Vielleicht hast du dann mehr Glück, mit einer anderen Taktik. Erklär es ihr, erkläre es ihr doch. Bloß nicht mir. An sie musst du dich wenden. Ha, ha, ha!«

»Um Gottes willen, Vladimiro!«, stieß Ana hervor, während sie aufstand, um den anderen nachzuschöpfen.

Wie betäubt stand Esteban auf und ging ins Freie. Zuerst versuchte er noch, eine gewisse Würde zu wahren, doch dann sahen die besorgten Männer ihn Hals über Kopf davonstürzen.

»Der wird sich doch wohl nicht ins Meer werfen?«, fragte einer.

»Der Gockel springt so schnell nicht ins Wasser«, sagte Ricardo, der Fuger, und versuchte in das Gelächter des Leuchtturmbauers einzustimmen; doch als er den Flüchtenden hinter dem Steilfelsen verschwinden sah, fühlte auch er sich etwas unbehaglich.

Vladimiro hörte ebenfalls auf zu lachen und machte sich über seinen Eintopf her, wie ein Stier, der schnaufend in seinem Heu wühlt, während ab und zu ein Klümpchen in seinem rötlichen Bart hängen blieben. Im Nachmittagslicht sah der Bart wie eine verfilzte Torflandschaft aus, und ein paar graue Haare, die wie eine Aschespur an seinen Schläfen hinaufführten, verrieten, wie nahe er den Fünfzigern war. Ana war mindestens zehn Jahre jünger als er.

Er aß, ohne noch einmal auf die Angelegenheit zu sprechen zu kommen, und in seinem Vollmondgesicht lag ein mürrischer Zug. Die Arbeiter aßen schweigend fertig, ab und zu warfen sie einen Blick auf die Frau, die mit gesenktem Kopf ihrer Arbeit nachging. Ricardo, der ehemalige Bootsmann auf einem Robbenfänger, wackelte mit dem Kopf wie ein Seeotter, wenn er das Kristall des winterlichen Eises durchstößt und an die Oberfläche taucht.

Sie arbeiteten von frühmorgens bis spätabends auf den Gerüsten, hinter denen die Verschalungen mit dem armierten Beton in die Höhe wuchsen. Gewöhnlich sangen oder pfiffen die Maurer bei ihrer Arbeit eine Melodie, die sie sich selbst ausdachten, doch an diesem Nachmittag verstummten sogar die Scherze Ricardos, der sonst auf der Baustelle für aufgeräumte Stimmung sorgte. Auch Vladimiro, der mal bei der Armierung half, mal beim Mischen von Mörtel, wirkte besorgt. Die Gedanken der Männer, in ihrer Mehrzahl ruhige, besonnene Menschen, kreisten noch immer voller Neugier um die Frage, wie sich das Herrensöhnchen aus Santiago wohl an die Frau herangemacht hatte und welche Reaktion von dem riesigen Vladimiro zu erwarten war. Sie konnten nicht glauben, dass mit diesem befremdenden Gelächter bei Tisch die Angelegenheit erledigt war. Im Gegenteil, sie sahen darin so etwas wie das erste Donnergrollen, mit dem sich ein Gewitter ankündigt.

Ein starker Westwind peitschte plötzlich die Männer, die am halb fertigen Turm arbeiteten. Darauf folgte ein feiner Regen vom Golf, dessen Horizont sich mit schäumender See zuzog, und noch bevor die Nacht hereinbrach, mussten sie Schutz in der Hütte suchen. So hart und gefährlich war die Arbeit dort draußen, in der stürmischsten Region des südlichen Pazifiks.

»Bei dem Wetter kann der Junge da draußen ums Leben kommen«, war der einzige Kommentar eines Zimmermanns, als sie sich nach dem Abendessen zum Schlafen niederlegten.

»Hinter einem der Felsen ist eine Robbenhöhle – da wäre er in Sicherheit«, sagte jemand.

»He, bist du nicht mit ihm befreundet?«, fragte ein anderer den Fuger.

»Scheiße, er ist nicht ins Wasser gesprungen, um mich zu retten; da werde ich in einer solchen Nacht wohl nicht rausgehen und ihn suchen«, entgegnete Ricardo.

Als alle schon im Bett lagen, musterte Vladimiro seine Frau von Kopf bis Fuß. Sie blinzelte, wie auch der Leuchtturm, den ihr Mann baute, in einer Nacht wie dieser einmal blinzeln würde, um das Herz der Finsternis zu durchdringen und ein Schiff sicher nach Puerto Refugio zu leiten.

»Lass die Tür unverriegelt, damit er hereinkommen kann«, war alles, was er sagte, bevor er sich ins Bett legte.

Gegen Mitternacht brach der Sturm richtig los, doch die rauen Männer schliefen wie eingelullt von einem Wiegenlied. Nur Ana wachte auf, als der Wind heulend an dem Wellblechdach zerrte. Die Hütte drohte jeden Augenblick zusammenzustürzen oder von den Sturm- und Regenböen emporgehoben zu werden und davonzufliegen. Als das Unwetter sich ein wenig gelegt hatte, klang das Heulen fast lieblich, und aus den Ecken pfiff es in den verschiedensten Tönen, als hätten sich mehrere Windgötter zusammengefunden und eine seltsame Symphonie komponiert. Die großen Brecher im Golfo de Penas donnerten gegen die Steilküste und schienen den ganzen Erdball erbeben zu lassen.

Vladimiro wachte auf und sah, dass seine Frau betete.

»Warum betest du?«, fragte er.

»Vladi, für dich, und für mich ...«

»Sind wir denn nicht beide zusammen?«

»Damit Gott nicht zulässt, dass uns der Sturm samt Haus und all unserer Habe fortweht.«

»Der weht uns nicht fort; dieser Sturm erreicht nicht einmal Stärke zwölf!«

»Gut, aber ich muss trotzdem beten, und wenn es für all jene ist, die draußen auf dem Meer in Gefahr sind.«

»Du bist doch bei mir, lass mich schlafen mit deinem Beten.«

Für eine Weile lagen Mann und Frau lauschend nebeneinander.

»Bete nur weiter, wenn du willst«, sagte er, »für die auf dem Meer, obwohl es ihnen nicht hilft, sie sind nun mal draußen.« Er warf sich wie eine große Robbe auf die Seite, drehte seiner Frau den Rücken zu und schlief ein. Kurz darauf schien sein polterndes Schnarchen mit dem Wind zu wetteifern. Für Anas verzagtes Herz war das Schnarchen ihres Mannes auch eine Art von Gebet, und sie schlief im sicheren Schutz seiner breiten Schultern schließlich ein, nicht ohne all jene in ihre Gedanken einzuschließen, die diese schreckliche Nacht auf dem Meer oder unter freiem Himmel verbringen mussten.

Nur an Esteban dachte sie nicht, da sie ihn leise hatte hereinkommen hören, bevor sie zu beten begann; sie hatte jedoch nicht gewagt, es Vladimiro zu sagen, weil auch sie über seine Reaktion verwirrt und verängstigt gewesen war. Noch nie hatte sie ihn so lachen hören, und nach dem Gelächter wartete sie, genau wie alle anderen, noch immer auf seinen Wutausbruch.

Doch Vladimiro enttäuschte sie alle, am meisten Esteban selbst, der ein solches Verhalten nie erwartet hätte.

»Und? Hast du es heute geschafft oder nicht? Wie wars? Ist es dir endlich gelungen?«, fragte Vladimiro jeden Tag in Anwesenheit aller anderen, wenn er ihn in der Hütte antraf.

Und auf die spöttischen Fragen folgte unvermeidlich das brüllende Gelächter, so primitiv und munter, wie sie es am besagten Tag gehört hatten, der bereits über eine Woche zurücklag.

Zwei oder drei Mal hatte der gedemütigte Esteban seinen Teller unberührt stehen lassen müssen, um nach draußen zu stürzen und frische Luft zu atmen. Manchmal lief er auch wie benommen zum Meer, verlor sich hinter der Küstenlinie und kehrte nicht eher zurück, bis der Leuchtturmbauer und seine Leute gegangen waren. Ana stellte ihm derweil sein Essen auf den Ofen, damit es nicht kalt wurde; aber wenn er nach Stunden zurückkehrte, aß er nicht mehr so wie früher. Nur der Hunger, die Nacht oder das unerbittliche Golfwetter trieben ihn wie ein geprügeltes Tier ins Haus. Auch den Arbeitern wurde der tägliche Spott allmählich zu viel; sie hätten es lieber gesehen, wenn Vladimiro sich den Jungen in irgendeiner Weise vorgeknöpft hätte, als jeden Tag die erniedrigenden Fragen und das sonderbare Gelächter mit anhören zu müssen. Ana bewegte sich immer unbehaglicher zwischen den Männern, deren Blicken sie auswich, weil sie einen Vorwurf darin spürte. Manchmal bereute sie, es ihrem Mann gesagt zu haben, und auch ihr wäre es lieber gewesen, wenn die Angelegenheit mit einer ordentlichen Tracht Prügel erledigt worden wäre, anstatt sich immerzu diese demütigenden Fragen und das längst einsilbig gewordene böse Gelächter anhören zu müssen.

Mit der Zeit begannen alle Mitleid mit Esteban zu empfinden, und ein dumpfer Hass brütete gegen Vladimiro und seinen grausamen Spott. Er war jedoch wie besessen und hörte nicht damit auf, wie der Wassertropfen, der unaufhörlich herabfällt und selbst den harten Fels aushöhlt. Und in der unwirtlichen Einsamkeit bohrte sich dieses Lachen noch aufreizender in die strapazierten Nerven. Wäre jemand Esteban gefolgt, wenn er zur Steilküste flüchtete, hätte er ihn manchmal weinend angetroffen, niedergeschlagen, andere Male mit geballten Fäusten, bereit, sich von den Felsen ins Meer zu stürzen; oder er stand mit herabhängenden Armen wie eine schwankende Stoffpuppe im Wind.

»Irgendwann wird sich dieser Junge ins Meer stürzen, Don Vladimiro!«, rief eines Tages sogar Ricardo.

»Dann wirst du ihn retten! Habt ihr nicht zusammen gefischt? Du bist doch sein Freund«, erwiderte der Leuchtturmbauer spöttisch.

»Ich habe keine Freunde«, stieß Ricardo leise hervor.

»So siehst du auch aus.«

Eines Tages vernahm man wieder den lang gezogenen Pfiff des Versorgungsschiffs, das eine neue Ladung Material und Lebensmittel brachte.

Kaum hatte der Leutnant einen Fuß an Land gesetzt, da stürzte sich Esteban auf ihn und flehte ihn an, ihn zurück in den Norden zu bringen.

»Was ist passiert?«, fragte der junge Offizier den Leuchtturmbauer.

»Nichts, Herr Leutnant.«

»Warum hat dieser junge Mann es dann so eilig, von hier fortzukommen?«

»Fragt ihn selbst; wahrscheinlich hat die Arbeit ihn geschafft …«

Am selben Nachmittag stach das Schiff wieder in See und nahm den Jungen mit. Als es um die Landspitze bog, wo der Leuchtturm gebaut wurde, ließ es kurz seine Sirene aufheulen, was in der Einsamkeit wie das Brüllen eines verwundeten Tieres klang. Vladimiro und seine Männer zogen die Mützen und schwenkten sie zum Abschied. Das Lachen des Leuchtturmbauers erscholl zum letzten Mal wie ein Echo.

Vor der Hütte saß Ana auf einer kleinen, roh gezimmerten Holzbank und bedeckte ihre Augen mit dem Schürzenzipfel, obwohl niemand sehen konnte, wie sie ihren Tränen freien Lauf ließ.

Auf dem Pferd
der Morgenröte

Professor Humberto Fuenzalida gewidmet

Wie ein Geschoss jagte es aus der Ferne heran, etwas Unförmiges, Dunkles unter seinem Bauch mitschleifend, und blieb erst stehen, als es in der Koppel war.

Wir ließen unser Mittagessen in der kleinen Kantine der Estanzia stehen und rannten hinaus, um zu sehen, was los war. Zum Glück handelte es sich nur um den Sattel und den mit Riemen befestigten Futtersack, der dem Tier bei seinem wahnsinnigen Galopp unter den Bauch gerutscht war. Die Zügel waren von den Hufen abgerissen worden, und der schaumige Schweiß ließ darauf schließen, dass der Braune eine lange Strecke galoppiert war.

»Wer hat dieses Pferd geritten?«, fragte Clifton, der zweite Verwalter.

»Der Zahlmeister ist heute Morgen damit losgeritten«, antwortete Charlie, der Vormann der Viehtreiber.

»Wohin?«

»Zur Bucht Última Esperanza, nach Puerto Consuelo, hat er mir, glaub ich, gesagt.«

»Ist das nicht ›Cabeza Rota‹?«, fragte der Zweite erstaunt, während er den dampfenden Braunen von oben bis unten musterte.

»Richtig«, antwortete Charlie.

»Und warum hast du dem Zahlmeister dieses Pferd gegeben?«

»Es war kein anderes da, ich hatte die Herde schon auf die Weide getrieben, als er kam und nach einem Pferd fragte; nur seinetwegen wollte ich sie nicht nochmals zusammentreiben.«

»Warum hast du ihm nicht dein Pferd gegeben?«

»Jedem sein Tier; ich lasse mir meines nicht gern von irgendwem zuschanden reiten.«

»Mr Handler ist nicht irgendwer. Er ist der Zahlmeister; zudem hast du ihm dieses Pferd aus Boshaftigkeit gegeben. Du weißt genau, in was für einem Zustand es nach dem letzten Zureiten war. Wie auch immer, reite unverzüglich los und sieh nach, ob dem Zahlmeister etwas zugestoßen ist«, befahl Clifton barsch.

»Nein, ich gehe!«, mischte ich mich ein.

Ich aß noch schnell ein Stück Fleisch, tauschte den Braunen gegen ein anderes Pferd, das der Vormann mir von der Weide geholt hatte, nahm es am Halfter und folgte der Spur von Alfredo Handler, dem Zahlmeister auf der Estanzia Las Charitas am südöstlichen Ufer des Toro-Sees, in der Nähe der »Bucht der Letzten Hoffnung« in Patagonien.

Unterwegs musste ich an die Bosheit denken, mit der man einem Mann wie Handler, der kein besonders guter Reiter war, ein so störrisches Pferd überlassen konnte, und dies, nachdem Charlie, der Vormann, das Pferd zugeritten hatte. Früher war er ein guter Zureiter gewesen; aber jetzt war er alt, plagte sich mit schlecht verheilten Schlüsselbein- und Beinbrüchen herum und zähmte die Pferde mehr mit dem Stiel als mit der schnalzenden Spitze seiner Peitsche. Daher hatte der Braune auch seinen Namen Cabeza Rota, weil er ihm den Kopf mit der Peitsche wund geschlagen hatte, als er ihn nicht mehr mit den Beinen hatte bändigen können. Das Schlimmste aber war, dass das Pferd danach die gefährliche Angewohnheit entwickelt hatte, sich zu bäumen, das heißt, sich auf die Hinterbeine zu stellen und sich dann auf den Rücken zu werfen, um den Reiter zu zerquetschen.

Der alte Zureiter war nicht nur gegenüber den Tieren böse geworden, sondern auch gegenüber seinen Mitmenschen; jedes Mal, wenn jemand von einem Pferd abgeworfen wurde, umspielte ein boshaftes Lächeln seine Lippen, und es war ihm ein kaum verhohlenes Vergnügen, dem unerfahrensten Reiter das unberechenbarste Pferd zu geben.

All das hatte mich dazu bewogen, mich für die Suche nach dem Zahlmeister zu melden; ich traute Charlie nicht, der imstande gewesen wäre, dasselbe Pferd mitzunehmen, nur um zu sehen, wie der Zahlmeister noch einmal abgeworfen wurde.

Außerdem mochte ich Handler. Er war ein viel zu gebildeter und zarter Mensch für das raue Leben in Patagonien; ich hatte ihn in seinen guten Tagen kennengelernt, als ich Zahlmeistergehilfe auf der Estanzia Cerro Guido wurde. Ich sage, in seinen guten Tagen, denn so, wie die patagonischen Seen an Glanz verlieren, je näher sie dem Meer sind, litt Handlers Geist offenbar unter derselben Trübung, was an seiner Vorliebe für Whisky lag – oder für seine Bücher, in die er sich tage- und wochenlang vergrub. Jedenfalls war er ein geschätzter Zahlmeister auf den großen Estanzias der Gesellschaft gewesen und war es jetzt auch auf Las Charitas, mit ungefähr fünfzigtausend Schafen die kleinste. Ihr Name war auf die vielen

Strauße zurückzuführen – *charas* oder *charabones,* wie sie hierzulande genannt werden –, die ihre Weiden bevölkern.

Als ich durch eine Furt watete, erkannte ich die frischen Spuren eines Pferdes, die in beide Richtungen führten, was mich in meiner Annahme bestärkte, dass der Zahlmeister wirklich nach Puerto Consuelo geritten war, das am südlichen Ufer der Bucht Última Esperanza liegt, wo er hin und wieder Geschäfte zu erledigen hatte, wenn Felle und Wolle verschifft wurden. Ich sah mir die Spuren genauer an, gab meinem Pferd die Sporen und galoppierte in die vorgesehene Richtung, das andere Pferd an der Halfterleine.

Der lange Novembernachmittag neigte sich dem Ende zu, als die für die Küstenregion von Última Esperanza typischen Krüppeleichen mir anzeigten, dass Puerto Consuelo nicht mehr weit war.

Schatten legten sich nach und nach über die Zweige und Äste am Weg und verliehen ihnen diese ganz besonders beeindruckende Lebendigkeit, die dem Saft der Bäume innewohnt, aber nicht bis zu den reglosen Flächen ihrer Blätter dringt. Ich begann mir Sorgen zu machen, nicht wegen der nächtlichen Unruhe in den Zweigen, sondern weil ich auf keine weitere Spur von Handler gestoßen war.

Kurz darauf erblickte ich den Hügel; er ist etwa sechshundert Meter hoch, und zwischen seinen Ausläufern befindet sich die berühmte Mylodon-Höhle, eine etwa achtzig Meter breite und dreißig Meter hohe Öffnung, die zweihundert Meter in den Berg hineinreicht. In den südlichen Ausläufern trifft man auf kleinere Höhlen, und etwa drei Kilometer östlich auf eine etwa halb so große wie die des Mylodon.

Die Landschaft hier mutet etwas unheimlich an; vermutlich, weil das Feuer die Eichen ringsum zerstört hat und nur noch schwarze, verbogene Baumskelette stehen geblieben sind, zu deren Füßen jetzt neue Schösslinge in die Höhe wachsen und sich an ihre gespenstischen Vorfahren klammern. Direkt vor dem breiten Maul der Mylodon-Höhle hat das Feuer jedoch einen bewaldeten Saum verschont, der dem Ort die unwirkliche Atmosphäre eines uralten Gartens verleiht.

Ich hielt an, um die Gegend auszukundschaften, doch da ich auf den ersten Blick nichts entdecken konnte, beschloss ich, die kleineren Höhlen zu untersuchen und mit der am weitesten östlich gelegenen zu beginnen. Nach kurzem Galopp gelangte ich an ihren Eingang, stieg vom Pferd und ging laut rufend hinein. Ich ließ ein paar Streichhölzer aufflammen, doch die Finsternis war so dicht, dass das flackernde Licht nur mich beschien. Ich drang so tief wie möglich in die Höhle vor, fand aber weder dort noch in den anderen, kleineren Höhlen etwas.

Dann ging ich zur Mylodon-Höhle, entschlossen, sie mir genauer anzusehen. Von Weitem betrachtet, ähnelte das Eingangsoval mit seinen vorstehenden Felsenzacken dem Maul einer riesigen schwarzen Kröte, die mit der Nacht verschmolzen war.

Ich band die Pferde an einer Eiche fest, betrat die Höhle und schrie laut nach Handler. Die eigene Stimme gibt einem im Dunkeln manchmal das Gefühl von Sicherheit, aber diesmal hätte ich besser nicht gerufen, denn ein herzzerreißender Schrei antwortete mir von tief drinnen.

Meine Nerven waren aufs Äußerste angespannt; ich erinnerte mich an das Phänomen, von dem mir Schäfer erzählt hatten, die in der Höhle Schutz vor einem Unwetter gesucht hatten. Wenn man im Innern einen Menschen aus einer kurzen Entfernung sieht, scheint er Hunderte von Metern weit weg zu sein, obwohl er in Wirklichkeit keine zehn Meter vor einem steht. Eine ähnliche Verzerrung kann auch der Stimme widerfahren, deren Echo sich an den uralten Wänden vielfach bricht; die herabhängenden Stalaktiten mögen das Ihre zu diesem befremdlichen Effekt beitragen.

Ich überwand meine Furcht mit einem weiteren Schrei, der diesmal in der Leere hinter dieser prähistorischen Schwelle nicht mehr so fremd widerhallte, und hinter dem Echo erhob sich ein anderer Ruf, in dem ich freudig Handlers Tonfall erkannte.

Ich entdeckte ihn schließlich ganz am Ende der Höhle, hinter einem kleinen Geröllhaufen an einem Feuerchen sitzend.

»Hallo, Handler, wie gehts!«, rief ich, als ich stolpernd auf ihn zuging.

»Hallo!«, antwortete er und forderte mich mit einer Kopfbewegung auf, mich zu ihm zu setzen, während er trockene Dungklümpchen vom Boden auflas, um damit das Feuer in Gang zu halten.

»Ich habe euch gesucht«, sagte ich und fragte besorgt: »Ist euch etwas zugestoßen?«

»Ich erinnere mich nicht«, antwortete er abwesend mit der klanglosen, teilnahmslosen Stimme, mit der man im Traum spricht.

»Wir haben uns Sorgen gemacht, weil Ihr Pferd in rasendem Galopp zur Estanzia zurückgekehrt ist.«

»Es muss wohl durchgegangen sein, ich erinnere mich nicht«, sagte er in demselben abwesenden Ton.

Ich sah mich verstohlen um und versuchte, den Grund für den merkwürdigen Zustand des Zahlmeisters zu entdecken, sah jedoch nirgends eine Schnapsflasche herumliegen. Es war bekannt, dass Handler trunksüchtig war, und manchmal ließ der Whisky ihn dermaßen sich selbst vergessen, dass wir ihn mehr als einmal in den Schlammpfützen plantschend vorgefunden hatten, die sich bei Tauwetter vor der kleinen Kantine bilden; doch diesmal hatte er offensichtlich keinen einzigen Tropfen Alkohol getrunken.

Das Feuerchen kämpfte immer noch mit schwach züngelnden Flämmchen gegen die undurchdringliche Dunkelheit in der Höhle, beschien flackernd Handlers schmales Gesicht und ließ seine Silhouette undeutlich auf der Felswand tanzen, von deren Decke die Stalaktiten tropften wie große, gespenstische Tränen. Der Zahlmeister war ein Mann um die fünfzig, leicht ergraut, schlank und hoch gewachsen, mit feinen, edlen Gesichtszügen, einem bläulich grauen Funkeln in den Augen, schmalen Lippen und einem gütigen, traurigen Zug um den rechten Mundwinkel.

»Sehen wir zu, dass wir aus dieser Höhle rauskommen«, sagte ich zu ihm und fasste ihn sanft am Arm.

»Wozu?«, entgegnete er. »Warte, ich muss dir etwas erzählen …«

Ich setzte mich mit untergeschlagenen Beinen neben ihn, wie die Wanderer es tun.

Er las eine ordentliche Handvoll trockenen Dung vom Boden auf, dann noch eine und noch eine, und warf sie ins Feuer. Es war ein sehr trockener Kot, der weder dem von Guanakos noch dem von Pferden glich, sondern eher brauner Erde, und dessen Qualm tatsächlich nach verbrannter Erde roch.

Plötzlich loderte das Feuer auf, die Schatten zwischen den Stalaktitennestern verschwanden wie von Zauberhand; ein Schwarm dichter Schattenflecken umflatterte uns jedoch plötzlich, stieß kurze kehlige Laute aus, die wie verworrene Wörter aus den Felsen selbst zu perlen schienen. Ich duckte mich, von unbestimmtem Entsetzen gepackt, und ich muss gestehen, dass ich nur blieb, um Handlers undurchdringliches Gesicht zu beobachten; er verzog keine Miene und betrachtete das Geflatter der Riesenschmetterlinge, die wie kleine löchrige Blasebälge quietschten, offenbar mit einem gewissen Vergnügen.

Ich beruhigte mich erst, als sich eines der kleinen Scheusale auf Handlers Schulter niederließ; ich erkannte, dass es eine Fledermaus war. Der kleine fliegende Säuger betrachtete uns aufmerksam mit seinen zwei glühenden schwarzen Äuglein, rieb sein Schnäuzchen wie ein winziger Kondor, der seinen Schnabel am Flügelrand poliert, blieb aber auf der Schulter des Zahlmeisters sitzen und blinzelte in die Flammen; der Schwarm hängte sich wieder in die Nischen zwischen die Stalaktiten.

Handler betrachtete das Tierchen, das wie eine schwanzlose Maus auf seiner Schulter hockte, danach schaute er mich an; er wirkte wie üblich abwesend, und ein trauriges Lächeln spielte um seine Mundwinkel. Er ließ seine Hände mit einer ratlosen Geste auf die Knie fallen und begann mit ebenso ferner, verlorener Stimme zu sprechen, während er aufmerksam ins Feuer starrte, als ob ihm eine andere Zunge etwas mitteilte und die Schatten einer fernen Vergangenheit beiseiteschöbe.

»Es war, als die große Kältewelle kam«, begann er tonlos zu erzählen. »Wir hatten noch nicht gelernt, Worte zu artikulieren; unsere Sprache glich dem kehligen Schrei dieser Fledermäuse, aber wir verständigten uns dennoch, und was unsere Lippen nicht auszudrücken vermochten, das sagten unsere Hände, unsere Augen, das ganze Gesicht.

Vom Feuer kannten wir nur das, was die Vulkane ausspien und was der Blitz ab und zu auf die Erde schleuderte und dadurch Verderben säte. Wir aber konnten selbst noch kein Feuer machen, um uns daran zu wärmen; die Kältewelle vertrieb uns aus den Grassteppen, wo wir uns von Stauden ernährt und hin und wieder ein schlafendes oder krankes Tier gefangen hatten. Fischotter und Mäuse waren unsere bevorzugte Beute, weil wir sie mit Steinen oder Knüppeln erschlagen konnten. Wir verschlangen sie roh. Oder wir folgten den Spuren des großen Säbelzahntigers und stahlen heimlich vom Aas, das er liegen ließ.

Die Kältewelle trieb uns in diese bewaldete Gegend. Viele der kleineren Tiere überlebten nicht, die kräftigsten aber zogen sich ebenfalls in diese Wälder zurück. Darunter waren kleine Pferde, golden wie die aufgehende Sonne, die wir in Schluchten trieben, um sie zu töten und zu essen.

In den Grassteppen hatten Frauen und Kinder allen gehört, und alle sorgten gemeinsam für sie. Als aber das Eis kam und damit Hunger und Kälte, zog sich jeder mit seiner Frau zurück und lebte nun allein. Ich brachte meine in dieser Höhle unter, markierte den Eingang mit zwei Pfählen und erschlug mit einer Keule jeden, der die Schwelle überschritt.

In den sonnendurchfluteten Grassteppen traf ich früher andere Männer und tat mich mit ihnen zusammen, um ein wildes Tier zu jagen; doch als die große Kältewelle kam und ich mich in diese Höhle flüchtete, sah ich nur noch voller Hass auf die einstigen Gefährten.

Unter den Tieren gab es ein riesiges, das Schösslinge aß wie wir. Es hatte ein raues, mit Schuppen bedecktes Fell, wie weiße Kiesel sahen sie aus, und dazwischen lugten Borsten hervor, so rot wie das Licht der untergehenden Sonne. Wenn es sich auf die Hinterbeine stellte und sich mit seinem kurzen dicken Schwanz wie auf einem dritten Bein abstützte, vermochte es mit seiner langen Schnauze das Herz der Baumkronen zu erreichen, wo es die zartesten Zweige fand und dabei selbst wie ein lebendiger Baum aussah, der sich zwischen den Zweigen bewegte.

Eines Tages nun griff ich eines dieser großen Zotteltiere mit einem Stock an und trieb es zur Höhle. Ich baute einen Wall aus Steinen, sperrte es darin ein und brachte ihm Zweige und Gräser, damit es sich in der Gefangenschaft ruhig verhielt. Als Hungerzeiten kamen, schlug ich es tot, zog ihm mit scharfkantigen Steinen die Haut ab, zerteilte es und vertilgte es roh. Ich legte mir mit der Zeit eine ganze Herde dieser großen Tiere zu, die ich ständig ergänzte, sperrte sie in der Höhle ein, die ich in zwei Hälften unterteilt hatte: eine für die Tiere, eine für meine Frau und mich.

So konnte ich der großen Kältewelle eine ganze Zeit standhalten. Meine Frau gebar ein Kind; wir wickelten es in grobe Felle, um es warm zu halten, doch es erfror. Ich hob eine kleine Höhle im Felsen aus, und wir begruben es dort, damit es uns noch etwas Gesellschaft leistete. Kurz darauf starb auch meine Frau. Ich hob noch ein Grab aus und legte sie neben das Kind, damit sie nicht so allein war.«

Handlers Stimme klang plötzlich weinerlich wie die eines Kindes, und seine Oberlippe bebte vor Kälte. Er legte seine Hand an die Stirn, hielt sie dann schützend vor die Augen. Die Fledermaus saß noch immer wie ein kleiner Schatten auf seiner Schulter, nur ihre Äuglein blinzelten schläfrig. Handler senkte die Hand und warf weiteren Dung in die Flammen. Sie flackerten wieder auf und brachten die Schatten erneut zum Tanzen; an der östlichen Wand waren tatsächlich zwei offene Nischen erkennbar; die eine war kleiner.

»Von hier aus«, fuhr Handler fort, »konnte ich die große weiße Woge sehen, die auf der anderen Seite des Meeresarms scheinbar zum Stillstand gekommen war; in Wirklichkeit aber schob sie sich unaufhaltsam vorwärts. Manchmal zersplitterte der Kamm der großen Woge mit ohrenbetäubendem Krachen, das Eis brach ab und schob sich ein Stück weiter in die Wälder vor.

Als das Donnern immer lauter wurde, rannte ich aus meiner Höhle, um andere Menschen zu suchen, damit ich nicht so allein war, doch als ich zu ihren Höhlen kam, vertrieben sie mich mit ihren Knüppeln, wie ich es zuvor mit ihnen getan hatte. Ay, wie fehlten mir der zärtliche Blick meiner Frau und die kleine Hand des Kindes!

Eines Tages donnerte und krachte das Eis so laut, dass der Wald vom Geheul, vom Wiehern und Brüllen der verängstigten Tiere widerhallte. Ich wollte die Höhle verlassen, doch eine ganze Lawine entsetzter Tiere kam mir entgegen. Die meisten rannten den Berg hinauf, aber einige stürzten herein, als sie den Eingang sahen. Ich erinnere mich noch, wie das kleine goldene Pferdchen in der Farbe der Morgenröte in diesem Winkel Zuflucht suchte, gefolgt vom großen Puma mit den Säbelzähnen, vom Riesengürteltier, vom Sumpfotter und vielen anderen.

Die Zeit rückte ebenso unbarmherzig vor wie das Donnern des Eises, das mit einem Getöse von aufeinanderkrachenden Riesenplanken auseinanderbrach. Die Tiere und die Vögel suchten in Panik Schutz in den Wäldern und auf den Hügeln. Doch ein gewaltiges Grollen übertönte alles, und die Höhle verfinsterte sich.

Ich versuchte mir Mut zu machen, doch mein Herz klopfte wie wild und kletterte wie eine verschreckte Maus den Hals hinauf. Zwischen der Felswand und dem Steinwall, hinter dem ich die großen Tiere gefangen hielt, verdüsterte sich das in der Höhle herrschende trübe Licht, und genau eines dieser großen Tiere war es, das den Eingang zur Höhle verdunkelte, denn es war aus seinem Gefängnis entwichen und stand mit seinem Riesenleib schwankend da, wusste nicht, ob es sich vor dem lärmenden Dröhnen in die Höhle flüchten oder ins Freie laufen solle.

Weitere gewaltige aschgraue Massen folgten der ersten und kamen auf mich zu. Ich wollte mich in den hintersten Winkel der Höhle flüchten, aber das Brüllen des großen Säbelzahnpumas hielt mich davon ab. Der kleine Goldfuchs presste sich vor Angst wiehernd an seine Flanke, doch, seltsam, der brüllende Puma machte keinerlei Anstalten, ihn in Stücke zu reißen; beide waren so entsetzt wie der große Sumpfotter, der wie ein Nervenbündel vor sich hin jaulte, und wie das Riesengürteltier, das heiser hustete, als wäre es der Rachen der Höhle, in der sich mittlerweile zahllose Tiere drängten. Inmitten des dröhnenden Tumults und des Donnerns des Eises klang das helle Wiehern des kleinen Goldfuchses wie eine liebliche Klarinette in der fürchterlichen Finsternis.

Sind es die abbrechenden Gletscher, die so dröhnen? Nein, die krächzen nicht! Es ist der aschgraue Berg, es ist das große Tier, sein langer Rüssel ist es, der so ächzt und krächzt und wie eine zerschmetterte Trompete des Jüngsten Gerichts herunterhängt. Auch die anderen Tiere blöken erbärmlich und kommen auf mich zu, kommen immer näher, immer schneller, unaufhaltsamer als das Eis.

Alles gerät durcheinander, Trampeln, Donnern, Brüllen, Sumpfotter, Höhlenhusten, Zottelgeheul, Eisasche, Wald, Vogel, Fisch, Staude und das Wiehern des Pferdchens der Morgenröte.

Eine gewaltige Tatze, ja, eine riesenhafte Tatze, eine aschgraue Tatze kommt näher und näher und legt sich schwer auf meine Brust. Ay, ein Blitz! Sein Licht zuckt über die alte Grassteppe, wo die Stauden saftig sind und die Früchte in Dolden hängen. Der Blitz fliegt, dreht sich, lässt das vergangene glückliche Leben aufleuchten. Wälder, die sich im Sturm schütteln wie aufgelöstes Haar. Ich bin das saftigste Blatt, Kind des Wassers und des Windes! Der Wind, der Wind, der mich losreißt und durch die Lüfte weht. Was soll aus mir werden? Kehre ich noch einmal zu einem Ast in einem Wald zurück, aus dem kein Sturm mich wieder fortreißt? Oder werde ich endgültig in eine irrende Bö verwandelt?

Das kehlige Brüllen, das letzte Wiehern des Pferdchens der Morgenröte erstirbt, zugedeckt von der Asche. Der letzte wirbelnde Blitz beleuchtet die Frau. Sie steigt lautlos aus der Felswand zu mir herab, als wolle sie mich begleiten. Sie lächelt traurig, weil sie gekommen ist, um mir Lebewohl zu sagen. Ich gehe ihr entgegen und frage: Wie geht es dem Kind? Mit einer müden Handbewegung antwortet sie mir, es gehe ihm gut. Das Kind ist also wohlauf! Aber – war es nicht tot? Wie kann ein Toter wohlauf sein? Oder leben die Toten vielleicht? War die Frau nicht ebenfalls tot? Ich trete zu ihr hin und berühre mit meinen Lippen ihr aschgraues Lächeln. Wie kalt ihre Lippen sind! Sie fühlen sich an wie das Gras, wie eine Knospe, als das Eis vorrückte. Jetzt weiß ich es: Sie täuscht mir vor, sie sei lebendig! Ihre eiskalte, unendlich zarte Haut lügt! Was will sie von mir, wenn sie doch tot ist? Asche, die der Donner oder sein Blitz hinterlässt; ich löse mich von ihr, aber ich weiß nicht, wohin ich gehe! Vielleicht trägt mich eine ewig heulende Windbö an einen Ort, wo das Leben wieder Gestalt annimmt. Und sollte ich wiedergeboren werden, erinnere ich mich dann noch an das Gelebte? Ich wünschte es mir. Wenn nicht, möchte ich lieber nicht wiedergeboren werden, denn das Vergessen ist die einzige wirkliche Finsternis.«

Handler unterbrach sein unzusammenhängendes Gerede. Er schaute zur Decke hinauf, die mit Stalaktiten behängt war, als vergieße die ganze Höhle uralte, unversiegbare nachtschwarze Tränen. Er wandte den grauen Kopf; wie ein lebendiger, aschgrauer Stalaktit kam er mir vor. Er suchte etwas im Dunkeln, und als er es nicht fand, legte er nochmals die Hand an die Stirn und bedeckte die Augen.

Die Fledermaus streckte ein dünnes Zünglein heraus, fuhr sich damit über das Schnäuzchen und wischte sich mit dem Rand des Flügels ein kaum sichtbares Tränchen ab.

»Gehen wir, Handler!«, sagte ich und verscheuchte das Tierchen von seiner Schulter, das sich wie ein winziger Kondor in die Luft erhob und mit seinen zwei Regenschirmchen aus schwarzem Leder anstelle von gefiederten Flügeln davonflatterte.

Die Novembernacht war frisch und leuchtend hell. Der volle Mond zog seine Bahn am Himmel wie ein großer runder Diamant zwischen Schäfchenwolken, die mit dem ewigen Schnee der höchsten Gipfel im Nordwesten der Bucht Última Esperanza verschmolzen. Darüber schwebte das Kreuz des Südens langsam den Sternhaufen der Magellanstraße entgegen, die wie zwei gigantische Zitzen diesen Teil des Himmelsgewölbes mit milchigem Licht versorgten.

Wir bestiegen unsere Pferde und machten uns auf den Rückweg zur Estanzia. Wir ritten wortlos hintereinander, vertrauten dem sicheren Schritt unserer Tiere. Von Zeit zu Zeit verlängerte der Mond an einer Wegbiegung den Schatten von Handlers Pferd, sodass er sich in den Hufen meines Tieres verfing.

Nach Mitternacht erreichten wir die Halbinsel am Toro-See, den der wohl kürzeste Fluss der Welt – er ist kaum dreißig Meter lang – mit dem Maravilla-See verbindet.

An einem kleinen Wasserlauf in einer Senke hielten unsere Pferde an, um zu trinken. Die Eichen standen hier nicht so dicht beieinander und ließen das Mondlicht durch ihre Kronen rieseln; es funkelte im Wasser um die Nüstern der Tiere, und wenn die Pferde den Kopf hoben, um das Nass durch ihre Kehlen laufen zu lassen, zerklirrte es wie Glas.

Eine ganze Wolke von *jejenes,* der am Toro-See heimischen Moskitos, stürzte sich auf uns. Ich ließ sie ruhig sich auf meine Hand setzen und zustechen, weil es mir Spaß machte zu sehen, wie sie herunterfielen, denn diese Insekten sterben, wenn sie menschliches Blut saugen.

Die *jejenes* schienen aber Handler vorzuziehen, der patschte sich nervös mit der Hand auf den Nacken und erschlug sie zu Dutzenden. Plötzlich sah ich seine Hand im Mondlicht glänzen wie einen blutenden Zweig.

»Seid Ihr verletzt?«, fragte ich und ritt zu ihm hinüber.

»Ich weiß nicht«, antwortete er und starrte auf seine blutige Hand.

Die *jejenes* ließen nicht ab von seinem Nacken, ein dünner Blutfaden rann an seinem Hals hinunter in sein Hemd.

»Lasst mich mal sehen«, sagte ich und beugte mich zu ihm hinüber.

Unter dem Haar an der Schädelbasis war eine verkrustete Wunde, doch der Schorf war durch die zahllosen Mückenstiche und seine Schläge aufgebrochen, und die Wunde hatte wieder zu bluten begonnen. Ich verband sie mit einem Taschentuch, um sie vor den Biestern zu schützen, die nicht von uns abließen, bis wir die waldige Gegend hinter uns gelassen hatten und durch die sanft geschwungene Hügellandschaft ritten, wo die weite patagonische Pampa anfängt.

Das baumlose Ufer wurde niedriger und flacher, die Umrisse des Steppengrases hoben sich durchscheinend klar vom silberglänzenden Wasser ab. Als wir über ein großes Feld voller *paramelas* ritten, eines dichten, mit kleinen gelben Blüten übersäten Buschwerks, das den Pferden bis zum Vorderknie reichte, wirkte das Mondlicht noch verzauberter. Seltsame Pflanze, die *paramela* an den Ufern des Toro-Sees; sie verströmt einen intensiven Duft, und ihre Blätter und Stängel ersetzen häufig Tee und Mate, obwohl man sagt, dass sie Kopfschmerzen verursacht und Halluzinationen hervorruft, wenn man sie zu lange ziehen lässt.

Als wir die Mitte des Paramelasfelds erreichten, verwandelte sich das Silber des Sees in lauteres Gold. Die Hufe unserer Pferde zertrampelten die blühenden Büsche, und ihr berauschender Duft hüllte uns ein wie das goldene Licht, und uns kam es vor, als ritten wir über die Weiden des Mondes.

Plötzlich erhob sich vor uns eine Gruppe Strauße, ein riesiges Männchen mit seinen fünf Weibchen, die querfeldein davonstoben, wobei ihr graues Gefieder ein gesprenkeltes Band über die Ebene zeichnete. Handler gab seinem Pferd die Sporen und nahm die Verfolgung der großen Vögel auf, die viel schneller waren als das Pferd. Sie verschwanden schnell hinter einem Hügel.

Ich ritt langsam weiter und wartete auf Handler, doch als ich ihn wie ein Reiterstandbild auf der Hügelkuppe erblickte, entschloss ich mich geduldig, ihn holen zu gehen. Er ritt einen dunklen Fuchs, und als ich näher kam, stellte ich fest, dass beide, Mensch und Tier, mit der Aura der magisch schönen Nacht verschmolzen waren, in der die *paramelas* das Angesicht der Erde mit ihrem Licht vergoldeten, das leuchtender war als der Widerschein unseres toten Trabanten.

Die eindrückliche Stille des Mannes und des Tieres erfüllte mich mit Ehrfurcht. Beide betrachteten versunken die weite Landschaft. Es war, als seien sie ans Ziel eines langen Ritts gelangt, an ein Ufer, von dem aus man eine gespenstische Welt erblickte, deren Grenze sie nicht zu überschreiten wagten.

Die großen Vögel hatten auf ihrer überstürzten Flucht andere Straußengruppen aus ihren Nestern aufgeschreckt, jetzt versammelten sie sich auf dem Rücken eines nahe gelegenen Hügels und spähten, neugierig wie immer, zu denen hinüber, die den Frieden ihrer Nachtruhe gestört hatten.

»Wie gut, dass du gekommen bist«, sagte Handler plötzlich, »denn so gibt es noch ein Paar Augen, die dasselbe betrachten wie meine!«

»Hier«, fuhr er fort, »erheben sich die Ersten sieben Hügel, die dem Meer entstiegen sind. Damals existierten wir noch nicht auf der Erde, und sie waren die Ersten, die an ihrem Fuß zwischen Algen und Gräsern die sumpfigen Auen der Welt betraten.

Das Licht erhob sich zum ersten Mal aus den Mooren und drang bis in ihre kleinen Hirne, und ihre schmalen Zungen entdeckten die ersten irdischen Düfte. Sie ließen ihre riesigen Eier von der Sonne ausbrüten, doch als eines Tages das Muttergestirn abkühlte, wussten sie ihre Art nicht zu erhalten. Die Eier brachten kein neues Leben mehr hervor, und die großen Tiere starben aus.«

»Wovon sprecht Ihr?«, fragte ich.

»Ja, siehst du sie denn nicht?«

»Wen?«

»Die Dinosaurier, die Dinosaurier!«, rief er jubelnd. »Schau, dort stehen sie auf ihren ersten Meereshügeln!«

»Das sind doch die Strauße, die Ihr aus ihren Nestern aufgescheucht habt«, sagte ich zu ihm und deutete auf die Nandus, die mit ausholenden Schritten auf dem Kamm des gegenüberliegenden Hügels hin und her spazierten, stets von ihrem großen Männchen umkreist, dessen langer, biegsamer Hals hin und her pendelte wie Arme, die uns bedeutsame Zeichen gaben.

»Wie schade, dass du nicht sehen kannst, was meine Augen sehen!«, antwortete er traurig.

»Kommt, Handler!«, sagte ich, nahm behutsam seinen Zügel und zog ihn hinter mir her auf den Pfad, der zur Estanzia führte.

Kurz darauf fielen wir in einen ordentlichen Galopp, um so rasch wie möglich nach Hause zu kommen. Als wir das Paramelasfeld und seinen betäubenden Duft hinter uns ließen, überflutete das violette Licht, das den Sonnenaufgang ankündigt, die endlose Steppe und verdrängte den magischen Widerschein, den der untergehende Mond immer noch auf die Erde warf. Der violette Schein strich wie ein langsamer Peitschenschlag über die Erde, und das grelle Licht des beginnenden Tages ließ die Umrisse der patagonischen Natur scharf und deutlich hervortreten. Eine morgendliche Brise säuselte durch das Gras und weckte es auf, ein noch herrlicherer Diamant trat an die Stelle des Mondes und sandte seine Strahlen über die ganze Erde.

Drei Tage später, wir hatten uns gerade in der Kantine zu Tisch gesetzt, sahen wir plötzlich, wie Handler kreidebleich wurde. Ein Krampf schüttelte ihn, dann brach er, sich an der Tischkante festklammernd, auf seinem Stuhl zusammen.

Wir sprangen alle auf, um ihm zu Hilfe zu eilen, und betteten ihn in einen Sessel. Der zweite Verwalter versuchte etwas unbedacht, ihm mit einem Löffelstiel unbeholfen die Zähne auseinanderzuhebeln, um ihm Wasser einzuflößen; doch einer der Vorarbeiter hielt ihn zurück und gab zu bedenken, dass er Flüssigkeit in die Lunge bekommen und ersticken könnte.

»Sein Herz schlägt noch«, sagte Clifton, nachdem er ihn abgehorcht hatte.

In jenem abgelegenen Winkel war es unmöglich, innerhalb nützlicher Zeit einen Arzt zu holen, also lockerten wir ihm die Kleider, als einzig mögliche Erste Hilfe, und ließen ihn ausruhen.

Drei Tage waren seit jener Nacht vergangen, in der Handlers halluzinierende Geschichten mich an seinem Verstand hatten zweifeln lassen, der vielleicht unter dem Schlag gegen die Schädelbasis gelitten hatte. Ungewöhnlich war nur, dass er während der letzten drei Tage wie immer seiner Arbeit in der Zahlmeisterei nachgegangen war. Natürlich sahen wir ihn nur beim Essen, aber auch da hatte er immer ganz vernünftig über alltägliche Dinge gesprochen und war mit keinem Wort auf seinen Unfall oder auf seine fantastischen Geschichten zu reden gekommen. Von uns hatte keiner den Sturz vom Pferd erwähnt; wir hatten uns in der Zurückhaltung geübt, die in solchen Fällen bei den Menschen der Pampa üblich ist.

»Die Suppe wird kalt!«, rief der Zweite und füllte uns an seinem Platz am Kopfende des Tisches die Teller, denn er war der Ranghöchste.

Obwohl keiner von uns richtig Appetit hatte, solange wir nicht wussten, was unserem kranken Gefährten fehlte, setzten wir uns, doch eigentlich nur, um dem unbekümmerten Zweiten Gesellschaft zu leisten. Kaum hatten wir zu essen begonnen, ließ uns ein leises Wimmern – wie das Wimmern eines eben geworfenen Kalbes – aufhorchen.

Wir schauten zum Zahlmeister hinüber, der zusammengesunken in seinem Sessel saß.

Die tödliche Blässe verschwand allmählich, neues Leben erwachte in ihm und leuchtete grau glitzernd in seinen Augen auf. Wir waren nach den langen Minuten, in denen alles Leben aus dem Gesicht unseres Gefährten zu weichen schien, alle sehr erleichtert.

Handler richtete sich halb im Sessel auf und schaute von einem zum andern, als erkenne er uns nach langem Vergessen wieder.

»Was war mit euch los?«, fragte der Zweite, während er seine Suppe schlürfte.

»Mein Pferd hat sich gebäumt«, antwortete er, legte die Hand auf den Nacken und sah sich verwundert um; dann fügte er hinzu: »Aber wo bin ich denn? Ich … ich bin vor der Mylodon-Höhle vom Pferd gefallen.«

»Das war am Dienstag, jetzt haben wir Freitag«, entgegnete der Zweite.

»Was?«, fragte Handler ungläubig.

»Ihr seid am Dienstag vom Pferd gefallen«, fügte ich hinzu. »Das Tier kam verstört nach Hause, da ich bin losgeritten, um Euch zu suchen, und habe Euch schließlich in der Mylodon-Höhle gefunden. Es war bereits Nacht. Erinnert Ihr Euch denn nicht? Ihr hattet drinnen ein Feuer gemacht.«

»Das kann nicht sein, ich weiß nur noch, dass das Pferd sich beim Anblick der Höhle scheuend gebäumt und sich auf den Rücken geworfen hat. Ich habe einen Schlag am Hinterkopf gespürt, dann bin ich ohnmächtig geworden, und jetzt erwache ich hier und habe das Gefühl, ich sei immer noch dort.«

»Das war vor drei Tagen«, beharrte der Zweite, »in der

Zwischenzeit habt Ihr in Eurem Kontor gearbeitet und jeden Tag mit uns hier gegessen.«

»Gearbeitet? Ich? In meinem Kontor?«

»Ja, Ihr.«

»Das ist unmöglich. Was habe ich gemacht? Was habe ich gesagt?«

Handler sah über die Schulter, als suche er etwas, was er hinter sich zurückgelassen hatte. Er verzog die rechte Gesichtshälfte zu einer verbitterten Grimasse und legte die Hand darauf, als versuche er, einen schmerzlichen Schatten zu verbergen. Er hatte sich drei Tage lang nicht rasiert, der graue Anflug eines Bartes verstärkte zusammen mit seinem von weißen Strähnen durchzogenen Haar das Bild eines Mannes, der aus der Vergangenheit zurückkehrt.

»Entschuldigt«, stammelte er, »ich weiß nicht, was mit mir nach dem Sturz vom Pferd passiert ist.«

»Nehmt mal lieber einen Löffel heiße Suppe«, sagte ich, weil ich neugierigen Fragen des Zweiten zuvorkommen wollte.

Clifton jedoch zeigte sich verständnisvoll; als er uns nach dem Essen zur Arbeit abkommandierte, nahm er mich zur Seite und sagte: »Du reitest heute nicht aufs Feld; bleib bei Handler und kümmere dich um ihn.«

Ich setzte mich mit dem Zahlmeister in den kleinen Aufenthaltsraum der Angestelltenunterkünfte und zündete ein Streichholz an, um in dem von einem Jungen vorbereiteten Ofen ein wärmendes Feuer zu machen. Handler ging kurz hinaus und kehrte mit einer Flasche Whisky und zwei Gläsern zurück.

»Trinken wir zuerst einen Schluck, um die Würmer zu töten«, sagte er und lächelte zum ersten Mal.

»Danke«, antwortete ich, »vielleicht klären wir lieber zuerst diese verworrene Geschichte auf und genehmigen uns dann ein Glas, ja?«

»Also gut«, sagte er verstimmt, stellte die Flasche auf die Seite und setzte sich in einen Sessel vor dem Ofen, in dem schon ein freundliches Feuer knisterte. »Aber mir scheint, dass du es bist, der mir das alles erklären sollte!«, fügte er hinzu.

»Handler, erinnert Ihr euch wirklich an nichts? Was Ihr in diesen drei Tagen gemacht habt?«

»An nichts! Ich schwöre es dir. Nur an ein ohrenbetäubendes Getöse um mich herum, als ich vom Pferd gestürzt bin. Danach nichts mehr; bis ich von einem undeutlich plätschernden Geräusch aufgewacht bin. Es waren eure Stimmen, und als sie deutlicher wurden, erinnerte ich mich auch an eure Gesichter. Aber ich schwöre es dir, ich habe geglaubt, ich läge immer noch vor der Mylodon-Höhle!«

»Und erinnert Ihr euch nicht an unseren Ritt durch die Nacht bis zum Morgengrauen?«

»Nein.«

»Und auch nicht an das, was Ihr mir erzählt habt?«

»Nein.«

»Verdammt, das ist ja, als hättet Ihr drei Tage nicht gelebt!«

»So ist es; ich habe das Gefühl, in diesen drei Tagen nicht gelebt zu haben!«

»Ihr wollt also behaupten, dass Ihr in einer anderen Welt gelebt habt, seit ich Euch an Eurem Feuer in der Mylodon-Höhle gefunden habe?«

»Meinem Feuer?«

»Ihr habt mit trockenem Dung ein Feuer gemacht,

als ich euch gefunden habe; und Ihr habt mir in seinem Schein eine seltsame Geschichte erzählt.«

»Ja, der Boden ist dort mit einer anderthalb Meter dicken Schicht aus jahrtausendealtem Dung bedeckt. Der Paläontologe Rudolf Hauthal ist der Meinung, er stamme vom *Gripotherium Domesticum,* einem gigantischen Pflanzenfresser, den der Mensch der patagonischen Zwischeneiszeit domestiziert hatte und in dieser Höhle in einem großen Pferch eingesperrt hielt. Aber, sag, was habe ich dir denn alles darüber erzählt?«

Ich gab Handler so wortgetreu wie möglich wieder, was er mir berichtet hatte – so, wie ich es auch jetzt zu tun versuche.

»Das ist absolut fantastisch, was du mir da erzählst«, sagte er, als ich geendet hatte.

»Was ich Euch erzählt habe, ist nichts anderes als Eure eigene merkwürdige Geschichte«, gab ich zu bedenken.

»Allerdings merkwürdig!«, rief Handler aus. »Aber noch merkwürdiger ist, dass das, was ich dir während meines Gedächtnisverlusts erzählt habe, genau mit dem Ergebnis der Ausgrabungen übereinstimmt, die Hauthal Ende des letzten Jahrhunderts in der Mylodon-Höhle vorgenommen hat!«

»Tatsächlich«, fuhr er fort, »dieser Forscher fand dort zwei leere Gräber und Überreste des prähistorischen Menschen, der in Patagonien lebte. Diese Überreste befanden sich unter einer Kotschicht neben vier bis dahin den Wissenschaftlern unbekannten Tieren, die zu verschiedenen Gattungen gehörten. Den Schädeln, den anderen Knochen und Hautstücken nach zu schließen, die man dort fand, war eines dieser Tiere etwa so groß wie ein Nashorn, glich aber eher einem Ameisenbären als einem Faultier. Hauthal erbrachte den Beweis, dass der in der Eiszeit lebende Höhlenbewohner die zahnlosen Riesen tötete, zerteilte und roh verschlang, weil er noch nicht mit dem Feuer umgehen konnte. Die Schädel, die im Museum von La Plata ausgestellt sind, und die Hautstücke im Museum von Santiago und Punta Arenas beweisen deutlich, dass sie erschlagen wurden und dass der primitive Mensch scharfkantige Steine benutzte, um die großen Tiere zu zerteilen.

Lehmann-Nitsche und Santiago Roth untersuchten und klassifizierten Hauthals Funde und fanden Reste eines zotteligen Riesentiers, einer Art von riesigem Gürteltier und einer Raubkatzenart, die größer war als alle, die man bisher kannte.

Was jedoch die Aufmerksamkeit der Wissenschaftler am meisten fesselte, waren die Gebeine eines kleinen Pferdes, das man heute unter dem wissenschaftlichen Namen *Onohippidium Salldiasi* kennt. Man fand sogar die Hufe dieses seltsamen Tiers, an einem war noch das äußere Zehenglied samt Knorpel erhalten sowie eine Haarkrone an der Fessel. Sie bestand aus einem zarten, hellgelben Fell. Es handelt sich zweifellos um ›das Pferd der Morgenröte des Lebens‹, einen fernen Vorfahren des Pferdes, der in Patagonien ausstarb und nur diese eine Spur hinterließ.«

»Und was war mit Eurer Vision, die Euch in schlichten Nandus Dinosaurier erblicken ließ?«, hakte ich nach, fasziniert von den wissenschaftlichen Kenntnissen Handlers, die er zum ersten Mal verriet.

»Ach so!«, sagte er, nachdenklich in seiner Erinnerung suchend. »Die riesigen Reptilien, die in Vorzeiten auf dem patagonischen Tafelland lebten, das ein ozeanisches

Becken ist, wie du bestimmt weißt, das durch sieben Verwerfungen an die Oberfläche kam. Nun, es war der englische Wissenschaftler Huxley, der die erstaunliche Entdeckung machte, die später durch Scope und andere Forscher bestätigt wurde: nämlich, dass Dinosaurier das Bindeglied zwischen bestimmten Reptilien und bestimmten Vogelarten sind, die zur gleichen Familie gehörten und von der auch die Strauße abstammen, die größten heute noch lebenden Vögel«, schloss Handler seine Geschichte, während das Feuer, verborgen zwar und gebändigt zwischen seinen eisernen Wänden, flackernd züngelte.

Feuerland

Schauplatz von Coloanes Werken ist die Südspitze des amerikanischen Kontinents – Feuerland, Patagonien, Kap Hoorn. In unvergesslichen Porträts skizziert er jene Goldsucher, Walfänger, Robbenjäger, verlorene Gauchos, gestrandete Matrosen, Aufständische und Desperados, die auf der Suche nach Glück und Reichtum durch die endlose Weite streifen.

Kap Hoorn

In diesen Erzählungen vor dem Hintergrund der trostlosesten und gleichzeitig großartigsten Landschaft im äußersten Süden Amerikas berichtet Coloane von Jägern und Seeleuten, Farmersfrauen und Verlierern, die es hierher verschlagen hat. Die Landschaft nimmt Gestalt an, ist Schauspielerin in einem Stück ohne Ende, das sich nie wiederholt, nie ermüdet.

Der letzte Schiffsjunge der Baquedano

Zu Anfang des 20. Jahrhunderts verlässt das Schulschiff der chilenischen Marine den Hafen von Talcahuano. An Bord ist ein blinder Passagier, der fünfzehnjährige Alejandro, der um jeden Preis Matrose werden will. Auf der Reise lernt er das harte Leben auf See und eine unbekannte Welt an der Südspitze der bewohnten Welt kennen.

»Geschichten, die von Gischt durchdrungen sind, die unsere Ruhe stören und die kristallenen Lüster an der Decke erzittern lassen.« *Luis Sepúlveda*

VICENTE ALFONSO *Die Tränen von San Lorenzo*
Einer der Ayala-Zwillinge wird des Mordes verdächtigt. Das Problem: Sie sind identisch. Von Rómulo fehlt jede Spur – Remo ist in therapeutischer Behandlung. Was hat das Verschwinden der heiligen Niña damit zu tun und warum interessiert sich ein hoher Politiker dafür? Wie nah kommt man der Wahrheit, wenn sie wie Perseiden an uns vorbeizieht?

LEONARDO PADURA *Ketzer*
London, 2007: Sensation auf dem Kunstmarkt. Ein bislang unbekanntes Christusporträt von Rembrandt taucht bei einer Auktion auf. Wer ist der Eigentümer? Mario Conde macht sich auf die Suche nach den Geheimnissen des Christusbildes. Der Fall führt ihn durch die Jahrhunderte. Die Spur zieht sich um die halbe Welt.

CLAUDIA PIÑEIRO *Elena weiß Bescheid*
Rita wird tot aufgefunden, erhängt im Glockenturm der Kirche. Doch Elena, die Mutter, kann oder will nicht an Selbstmord glauben. Trotz ihrer schweren Parkinson-Erkrankung begibt sie sich auf die Suche nach dem Geheimnis um Ritas Tod – und muss sich am Ende einer Wahrheit stellen, mit der sie nicht gerechnet hat.

FERNANDO CONTRERAS CASTRO
Der Mönch, das Kind und die Stadt
In einem Bordell von San José kommt ein Kind zur Welt. Die Huren verstecken den Jungen, und Jerónimo, Ex-Mönch und Bruder der Bordellköchin, kümmert sich um ihn und bringt ihm die Welt bei, wie er sie aus den gelehrten Büchern kennt – bis auch der Mönch sich schließlich ein Herz fasst und sie gemeinsam durch die Straßen und Märkte ziehen.

Mehr über alle Bücher und Autoren auf *www.unionsverlag.com*

KUBA FÜRS HANDGEPÄCK *Geschichten und Berichte*
Leonardo Padura erforscht die Geheimnisse des besten Rums ·
José Miguel Sánchez mimt den perfekten Begleiter · Eva Kar-
nofsky lässt sich von den Verheißungen der Revolution treiben ·
Silvia Caunedo erläutert die Vielfalt der kubanischen Speise-
karte · Héctor Zumbado ist Zeuge einer lebhaften Schach-
partie · Dies und vieles mehr über Kuba …

BRASILIEN FÜRS HANDGEPÄCK *Geschichten und Berichte*
Lygia Fagundes Telles spürt Vorfreude auf den Karneval · João
Antônio nimmt mit Ahnengeistern Kontakt auf · John Updike
lässt Arm und Reich aufeinandertreffen · Stefan Zweig erliegt
der Schönheit Rio de Janeiros · Carmen Stephan zieht durch
die Baustellen Brasílias · Dies und vieles mehr über Brasilien …

MEXIKO FÜRS HANDGEPÄCK *Geschichten und Berichte*
Octavio Paz feiert Fiesta · Juan José Arreola wartet auf sei-
nen Zug · Egon Erwin Kisch weiß über Kakteen Bescheid ·
Pablo Neruda schlendert durch Mexikos Geschichte · Gabriel
Trujillo Muñoz geht in Tijuana auf den Spuren von William
Burroughs · B. Traven trifft auf einen gewieften Indianer · Dies
und vieles mehr über Mexiko …

KOLUMBIEN FÜRS HANDGEPÄCK *Geschichten und Berichte*
William S. Burroughs sucht in Kolumbien nach neuen Drogen ·
Leoluca Orlando fühlt sich sicher in Bogotá · Íngrid Betancourt
schreibt aus der grünen Hölle · Álvaro Mutis lauscht den Geschichten eines Abenteurers · Henri Charrière lebt sich bei den
Indianern ein · Ingolf Bruckner besucht ein Rodeo · Dies und
vieles mehr über Kolumbien …

Mehr über alle Bücher und Autoren auf *www.unionsverlag.com*

Mehr über alle Bücher und Autoren auf *www.unionsverlag.com*